あなたを待つ夜

ハイディ・ベッツ 作

速水えり 訳

シルエット・ディザイア

東京・ロンドン・トロント・パリ・ニューヨーク・アテネ・アムステルダム
ハンブルク・ストックホルム・ミラノ・シドニー・マドリッド・ワルシャワ
ブダペスト・リオデジャネイロ・ルクセンブルク・フリブール

Mr. and Mistress

by Heidi Betts

Published by Harlequin K.K., Tokyo, 2007

ハイディ・ベッツ　中学生のころからロマンス小説を愛読していた。処女作を出版して以来、数々の賞を受賞した経歴の持ち主。動物愛好家でもあり、怪我をした動物の手当てをして自然に帰してやることもしばしばだという。

主要登場人物

ミスティ・ヴェイル……ダンスインストラクター。元ショーガール。
カラン・エリオット……雑誌社営業部長。
ブライアン・エリオット……カランの兄。レストランオーナー。
ダニエル・エリオット……カランの父。
アマンダ・エリオット……カランの母。
ブリジット・エリオット……カランのいとこ。
パトリック・エリオット……カランの祖父。

1

「もしもし？」

「今、町にいる。そっちに行けると思う」

電話から伝わる声が、冬の日の温かいメープルシロップのようにミスティ・ヴェイルの背筋を伝い、聞き分けのない体のすみずみまでうるおしていく。

「わかったわ」そっと答える。「待っているわね」

電話を切ると、雑誌を整頓《せいとん》し、いくつかクッションをほうってすばやく部屋を片づけ、明かりを絞ってベッドルームへ向かった。ぴっちりした自転車用のショートパンツとスポーツブラを脱ぎ捨て、カランが気にいりそうな新しい黒のキャミソールとパンティを身につける。

彼のためでなかったら、ミスティはおしゃれなランジェリーを今の半分も持たなかったかもしれない。しかし、彼は薄いセクシーな下着が好きで、彼女も彼のためにそれらを身にまとうのが好きだった。

ミスティはポニーテールにしていたウエーブのある長い髪を解き、ブラシでといて、ふんわりさせた。

まもなく呼び鈴が鳴った。急いで部屋を突っ切りながら、すべてきちんとしているかどうか、あたりにもう一度目をやる。それからドアチェーンをはずし、ドアノブをまわした。

「やあ」

カランはドアの側柱に寄りかかっていた。ポーチの明かりに黒い髪がつややかに光り、ブルーの瞳が今にもほとばしりそうな熱い思いにきらめいている。ミスティはおなかのあたりがむずむずするのを抑えられたらいいのにと思いながら、強く息を吸いこんだ。

「いらっしゃい。さあ、入って」うしろに下がって、カランを中に招じ入れる。

ミスティはドアを閉めて、ふたたびドアチェーンをかけた。振り向くと、カランが、降下してひっさらう前にねずみをねらっている鷹《たか》のような目で彼女を見ていた。

カランはチャコールグレーのスラックスに白いシャツという仕事用の服装だ。ミーティングと移動の長い一日を過ごし、どちらもいくらかしわになっていた。ネクタイはシルクで、パステルカラーの渦巻き模様だ。それを見ると、ミスティはいつか画廊で見た絵を思い出した。そのネクタイはゆるみ、ボタンを二つ開けた襟元からだらりと下がっている。スラックスと対のジャケットは腕にかけられている。

カランは疲れているようだ。まっすぐベッドルームに引き入れたいのはやまやまだけれど、その前に少し気分をほぐしてあげたほうがいいかもしれない。

「なにか持ってきましょうか？」ミスティはキッチンのほうへ頭をかしげた。「ワインを一杯いかが？　それとも、なにか食べる？」

カランがジャケットを床にほうって歩いてくる。ミスティをじっと見つめながら。

「あとでいいよ」カランの低く響く声を聞くと、ミスティはたまらなくエロチックな気分になった。彼の腕がウエストにからみ、次の瞬間、唇が間近にあった。「今、欲しいのは君だけだ」

いつもと同じくカランのキスは熱く、ミスティの頭から爪先まで燃えあがらせた。彼のうなじの髪に指を差し入れ、撫《な》でる。彼が唇をそっと吸い、噛《か》んだ。そして舌を差し入れる。

ミスティはキャミソールの下の張りつめた胸をたくましいカランの胸に押しつけた。彼は背筋に両手をすべらせ、ウエストを撫でてヒップをつかみ、みずからの高まりに引き寄せた。ミスティはうめき声をもらし、彼にさらに強くしがみついて片方の脚を持ちあげ、彼の腰骨に引っかけた。

カランは唇を離し、ミスティの頬に荒い息を吐いている。「すぐベッドルームへ行こう」

「ええ」

カランはわずかに身をかがめてミスティを抱きあげ、リビングルームを突っ切っていった。彼女同様、アパートメントの間取りはよく知っている。それもそのはずで、三年前、ミスティがステージ中の事故で膝を痛め、ラスヴェガスでのショーガール生命にピリオドを打ったときに、このビルを彼が買い与えたのだ。階下に彼女のダンススタジオがあり、その上を住居にしていた。

カランはニューヨークに住んでいて、一族が経営する出版社が発行している数々の成功した雑誌の一つ、『スナップ』誌で熱心に働いている。しかし、できるだけ、たびたびネヴァダを訪れた。そして、町にいるときはいつもミスティと……ベッドで夜を過ごした。

ミスティはそんな夜のために生きていた。内心でははっきり間違いだと感じているのに、彼と過ごす夜を待ちわびていた。

カランはミスティより五歳年下だ。彼の家族――エリオット家――は、ニューヨークきっての富豪で卓越した一族だ。地球の反対側に生まれたとしても、これほど違った二人がいるだろうか？

それなのに、ある夜、いつものように舞台を終えたあと、楽屋に立っている彼を見た瞬間から惹《ひ》かれるものを感じた。彼にはなにかしらミスティを惹きつけ、離れられなくするものがある。幾度となく、この火遊びをやめるように自分自身に言い聞かせているのだけれど。

ベッドのわきへ来ると、カランはミスティをマットレスに横たえ、体を重ねた。

「これが気にいったよ」カランはミスティの胸から腿までをかろうじておおっている黒いキャミソールを指さした。「でも、脱がせてしまうよ」

「お好きなように」彼女は小さくほほえんだ。

カランはみだらな楽しみに口の片端をほころばせながら、細い肩ひもをはずして腕へとすべらせた。ミスティが体をずらすと、彼は彼女の胸をあらわにして、腰から腿へとキャミソールを引きおろした。

カランの美しいブルーの瞳がレーザー光線のようにミスティを焦がす。胸から腹部、そして小さな黒いレースでおおわれた脚の間へとあからさまな感嘆のまなざしを向ける。

ミスティは体を起こし、カランが残りのランジェリーを脱がせやすいようにした。彼はそれをわきへほうると、一糸まとわぬ彼女のめりはりのある体に視線を戻した。

ミスティはカランに触れるのが待ちきれずに身をくねらせた。

「たくさん着すぎているわ」ネクタイの端を手にとって引っ張る。カランがぐっと近くに来て、鼻と鼻が触れそうになる。荒い息づかいに、彼の胸が上下している。ミスティはたくましい胸に両手をすべらせてネクタイの結び目に手をやった。

ネクタイを解き、ぴしっとした襟からゆっくりと引き抜く。それからシャツのボタンをはずす。一つ一つはずして、いちばん下まで来ると、シャツの端をスラックスから引き出した。彼の日に焼けたなめらかな胸と、六つに割れた腹筋があらわになる。

カランの鍛えられたみごとな体に、ミスティは息をのんだ。彼は〈エリオット《E》・パブリケーション《P》・ホールディングス《H》〉の社内にあるジムに、週に何度か通っていると言っていたことがある。

そして、その成果をミスティが味わうのだ。

やわらかいコットンのシャツを脱がせ、ランジェリーが重なり合っているあたりへほうる。それからベルトへと手を伸ばし、バックルをはずして引き抜く。ウエストのボタンの裏に、凝ったマニキュアを施した爪をもぐりこませると、カランははっと息をのみ、腹筋がふるえた。

「今のうちにせいぜい楽しむといいよ」カランは噛み締めた歯の間から言った。「あとでたっぷりお返しするから」

「あら、困ったわ。だって、すごく楽しいんだもの」

ミスティはスラックスのボタンを親指ではずし、もっと自由に指を動かせるスペースを作った。せがむように脈打つカランの中心のすぐ近くで、彼の体温が彼女を包み、肌を通して魂にまでしみこんでくる。

へそからさらに下へ向かって指の背で撫で、手の付け根でジッパーを下げた。その音が部屋に響く。

カランは息をつめていた。ミスティがもたらす快感は耐えがたいほどだ。ファスナーが少しずつ開く振動が、骨に、歯に、そして硬く張りつめた場所に響くようだ。

その日は一日中、カランはなかば高まりを覚えながら過ごした。ラスヴェガスでの『スナップ』誌の仕事を終えて、こっそりミスティのもとへ駆けつけるのが待ち遠しかった。彼女が今、カランに対していることも救いにならない。彼の血はたぎり、頭ががんがん鳴っている。それよりなにより、このまま体が破裂してしまうのではないかと思われた。

ミスティはすばらしい。体を重ねるたび、まるで独立記念日の花火が炸裂《さくれつ》するようだ。熱く、びりびりと響き、スリル満点だ。二人の熱でとっくにシーツが燃えださないのが不思議なくらいだ。

ミスティがベッドでどんな気持ちにさせるかを誰かに打ち明けたら、たとえそれが彼の兄でも、わけ知り顔で〝なるほどね。彼女はショーガールだった。それでどうなるというんだ？〟と言いそうだ。

　しかし、二人の間にあるのはそれだけではない。ベッドルームではすぐに燃えあがる二人だが、ベッドの外でもうまくいっていた。カランはスケジュールと体力が許す限りたびたび体を重ねていたかったが、ミスティとソファに座って映画を見たり、一日たった持ち帰りの中華料理にぶつくさ文句を言ったりしていても、じゅうぶん幸せだった。

　こんなことは誰もわかってくれないだろう。彼自身もはっきりとは理解できていないのだから。

　ファスナーが開ききると、ミスティは手を下着の中に差し入れ、円を描くようにして脈打つ彼を愛撫《あいぶ》した。カランの息はとまり、必死に空気を吸おうと鼻孔が開く。ミスティは撫で、締めつけ、彼が叫びそうになるまでじらした。

「もうだめだ」今はミスティの中で解き放たれることしか考えられない。そこでカランは彼女の手をつかんでスラックスから引き出した。勢いよく靴と靴下、そしてスラックスと下着を脱ぎ捨てる。

　すっかり裸になってベッドに上がり、ミスティをあおむけに押し倒す。腕で体重を支えて身をかがめ、ニューヨークからの長旅の間ずっと思い描いていたとおりに彼女の唇に唇を重ねた。

　ミスティがいつものように応《こた》える。情熱的に、全身全霊で。彼女の腕がうなじにからみ、カランは押しつけられる胸のふくらみを楽しみながら体をあずけた。

　カランの下でミスティが体をずらし、今度は自分の両脚を彼の腰にからめた。踵《かかと》が彼のヒップの上にあり、爪が肩にくいこんでいる。

　気にいった。よすぎるくらいだ。しかし、ミスティを相手に限界はないらしい。しかも、決してこれで満足ということがない。

軽く噛んで引っ張るようにして唇を離すと、カランは燃える唇でミスティの体を下にたどった。喉を通って一方の胸のふくらみに来ると、きゅっと硬くなった先端と戯れる。頂のまわりを円を描くように舌でなぞり、それから唇でおおって吸う。

ミスティがカランの下で身もだえし、喉の奥で小さな甘い声をたてる。それを聞くと、彼は正気を失いそうになった。

一日中、こうすることを想像していたのに、実際に二人で裸になって、なにも考えず、夢中になっていると、持ちこたえられそうにない気がした。カランはひたすら彼女の中に身を沈めることを願っていた。そして、そのままずっとそうしていたかった。

カランは頭をもたげ、ミスティを見おろした。胸が波打ち、血液が野火のように体中を駆けめぐっている。

「もう待てない」カランは声を絞り出した。「すまない。ちゃんと君を満足させるから」

カランはミスティの中に深く体を沈めた。駆け抜ける快感に、二人のうめき声がまざり合う。

「カラン」ミスティがカランの背中にはっきり跡になるくらい爪を立てて、あえいだ。「待って。避妊具がまだよ」

一瞬、カランにはミスティの言葉の意味がわからなかった。興奮のあまり、耳鳴りのような音がしていたからだ。彼女の感触はすばらしい。温かく、しっとりと締めつけてくる。いつにも増してすばらしい。といっても、それまでの経験を超えることが可能ならばだが。

それから突然、彼女が言おうとしていることを理解した。

避妊具をつけるのを忘れたのだ。まずい。

カランは信じられずに頭を振りながら、すぐに体を引いた。「すまない、ミスティ。僕としたことがいったいどうしたんだ。うっかり忘れたことなんてないのに」

ミスティはやさしくほほえみ、カランの下からもぞもぞ抜け出し、うつぶせになってラヴェンダー色の上掛けの上をベッドわきのナイトテーブルのほうへ移動した。「いいのよ。間に合ったんだもの。心配はないと思うわ」

カランは答えなかった。しかし、彼女の言うとおりであることを願った。避妊という根本的な大切なことを忘れるとは彼らしくない。

ミスティがいちばん上の引き出しを開けてアルミ製の包みをさがす間、カランは彼女の裸の背中とヒップ、そして脚から目を離せなかった。

こんな危うい出来事があったら、その気が萎《な》えてもおかしくない。おかしくないが、そうはならなかった。ミスティが欲しくて、まだ口がからからだ。

ミスティがメタリックな輝きを放つ四角い包みを指にはさんで、戻ってきた。「あったわ」勝ち誇ったようにほほえんでいる。

カランは、彼女が両手で避妊具を持って、頭が麻《ま》痺《ひ》しそうになるほど上手につけるのに目を凝らした。

その間ずっと、息をひそめていた。こうしてじっとしていなかったら、どうにかなってしまい、自分で面くらってしまいそうだ。息を吸わないように下腹を引っこめる。手も脚も、彼女を押し倒して、ただ抱きたくて、ただ奪いたくて、ふるえている。

ミスティがカランの野性を引き出したのは間違いない。ほかの女性が相手なら、ここまで反応することなく、本能を抑えようとしただろう。だが、ミスティが相手なら、彼はどんなことでもできたし、彼女もちゃんとついてきてくれるのがわかっていた。彼女も彼同様に情熱的で、どんなことでも一度は試す大胆さがあった。

「二秒だよ」カランはミスティをわしづかみにしな

いよう拳《こぶし》を握りながら、かすれた声で言った。

わけがわからず、ミスティが眉をひそめる。

「僕が辛抱できずに自分でつけるまでに、君が使える時間だよ」

「まあ。それじゃあ、がんばらなくちゃ」

ミスティは体を引くどころか、もっと近づいた。腿と腿、胸と胸が触れ合う。そして、口を開いたまま、彼の顎にキスをして軽く噛んだ。

「一秒」ミスティがつぶやく。

それから、彼の高まりに指をからめ、軽く締めつけた。カランの体の隅々まで強烈な快感がつらぬく。

「二秒」

ミスティは三秒まで数えられなかった。ほかにカランを追いつめることをする前に、彼が手首をつかんで頭の上に持ちあげた。そのまま前にかがんでマットレスの上に押し倒す。二人とも軽く体をはずませ、ミスティが小さく笑い、それがカランにも伝染した。

まだ口元をほころばせたまま、カランは激しく唇を重ねた。同時に、彼女の腕から胸、そしてウエストから腰へと手をすべらせる。腿にたどり着くと、脚を開かせ、一息に体を沈めた。それからじっと動かずにいた。そうして、膝が萎えそうなほどの快感の波立ちがしずまるのを待っていた。心臓が胸から飛び出しそうなほど激しく打っている。

ミスティは身もだえし、うめき声をもらして、カランの背中に爪を立てた。さらに深く彼を迎え入れようとする。カランはそれ以上は無理だと思ったが、彼女の気持ちがうれしかった。

ミスティが膝を曲げ、両脚でカランのウエストをはさんだ。彼が体を動かしはじめる。初めは、彼女の熱さを楽しむようにゆっくりと。しかし、まもなく、もちこたえられないのを悟って、動きを速めた。

「ああ、カラン、すてき」

ミスティの小さな声を聞くと、カランの体中をめらめらと燃える炎が駆けめぐり、まっしぐらに下腹部に向かった。

「ミスティ」カランは祈るように彼女の名前を呼び、首と肩の間のやわらかな肌を軽く噛んだ。

ミスティは声をあげ、押し寄せるクライマックスの波に背中をそらし、カランを締めつけた。閉じたまぶたの裏で星が砕け散り、全身が爆発するような感覚に身をまかせて、彼はかすれたうめき声をあげた。

「行かないと」

カランがそっと口を開くと、声が胸に響き、うとうとしかけていたミスティはびくっとして目を覚ました。彼の腕の中に身をすり寄せ、頭を肩にのせ、片方の腕を彼の腹の上に置いている。

ミスティはため息を押し殺してカランから離れ、シーツを胸まで引きあげて体を起こした。髪を耳にかける。そしてカランが起きあがってベッドの端に腰かけ、それから部屋の中を歩きまわって服を取りあげるのを見ていた。

いっしょに過ごす中でミスティが少しも好きになれないひととき——カランが帰らなくてはならないときだ。彼はいつも、体を重ねたらすぐに帰るというわけではない。ときには一晩泊まって、いっしょに朝食をとることもある。また、二、三日いっしょにいて、テレビを見たり、公園を散歩したりと、ありふれた日常をともにすることもある。

しかし、どれだけ長くいっしょにいても、彼が帰るときはいやだった。胸が痛み、二人の関係がどんなものか、いやでも思い知らされる。

二人は情事に興じている。それだけだ。家や子供を持ち、私道にミニバンがとまっている生活を築こうとはしていない。

一つには、ミスティはミニバンが似合うタイプではないから。彼女はもっと大きな夢とこだわりを持った元ショーガールだ。三年前、もしステージでころんで膝をだめにしなかったら、今でもラスヴェガスのきらびやかなカジノで踊っていただろう。

もう一つは、カランが結婚相手としてふさわしくないからだ。ミスティは三十二歳、彼は二十七歳。しかし、たとえ五歳年下でなくても、彼はマンハッタンの富豪一族の出身だ。彼女のような女性と今後の人生をともにしたがる可能性は——家族が許す可能性も——なきに等しい。

しかし、そんな明白な事実があっても、ミスティはしばしば、自分が元ショーガールのダンスインストラクターではなく、カランも業界有数の雑誌社の重役でないとしたら、いったいどんなふうになるかと想像して、空想の小道をたどるのだった。もし二人とも、ありふれた人間で、ありふれた状況で出会っていたとしたら。

とはいえ、そんなありえないことを願って、長々と時間を費やしたりはしなかった。今の生活が楽しいし、カランと今のように過ごせれば幸せだった。たとえ長くは続かないとわかっていても。

今だけでじゅうぶんだわ。

もっとひどい関係だってある……事実、過去に交際した魅力的な男性たちからひどい扱いを受けたこともある。彼らに比べたら、カランはまさに麗しの王子様だ。

イタリア製のあつらえたビジネススーツに身を包んだ王子様。

身支度を整えたカランは、ポケットに両手を入れてベッドわきに立っている。ミスティは急いでベッドから出て、クローゼットの裏のフックからローブをはずしてはおり、ウエストのひもをゆるく結んだ。

「見送るわ」

カランがかすかにうなずき、二人はリビングルームを通り抜けて玄関へ向かった。ミスティがロックをはずしてドアノブをまわす。しかし、ドアを開ける前に、カランが手首をつかんでとめた。見あげると、彼の目はくすぶるように燃えている。

カランがミスティの髪の下に手をすべらせ、うなじを包みこむようにして、キスをした。いつしか彼女の素足の爪先にぐっと力が入っている。たっぷり一分間の口づけのあとでカランは離れ、ミスティはカーペットの上にくずおれてしまわないよう、ドアにつかまっていた。

「朝までにニューヨークに帰らなくていいなら」カランは親指の腹でミスティの唇を撫でながら、そっとつぶやいた。「君をベッドに連れ戻して、一週間は出さないのに」

「あなたが朝までにニューヨークに帰らなくていいなら」ミスティもささやく。「そうしてもらうのに」

カランは唇の片端でかすかにほほえみ、ドアを出て、ダンススタジオの裏手の通路へ続く吹き抜け階段の踊り場に立った。

「電話するよ」

ミスティがうなずく。それから彼女は階段のいちばん上に立った。カランが歩み去るのをいつも見送るときのように。

2

四カ月後――四月の終わり

スタジオの音響システムから音楽が流れてくる。堅木の床を打つ生徒たちのステップと、スタッカートのビートがまざり合って、ミスティの頭に響き、立っていられなくなりそうなくらいだ。

この数カ月、彼女はめまいや吐き気、そして妊娠初期に見られるさまざまな症状と闘っていた。初めの三カ月が過ぎれば楽になってくると思っていたが、それどころか、もっとひどくなっていた。

今日はとりわけ調子が悪い。ミスティはやっとの思いでベッドを出たが、そのときからめまいと横になりたい欲求をこらえていた。

しかし、教えなければならないダンスのクラスがある。一つでもキャンセルしたら、ダンススタジオの収入で自立するという計画が危うくなる。

三年前、カランがラスヴェガスからほんの少しはずれたヘンダーソンにあるこのビルを購入し、すっかり改装して、階下をダンススタジオにした。そこは、子供と大人のクラスを開けるくらい、じゅうぶんな広さがあった。

施しを受けるのはいやだったが、カランに強くすすめられ、また当時の膝の状態からみても、ほかの選択はできなかった。彼の気前のよさか、たちまちホームレスになる危険のどちらを受け入れるかだった。

それでもミスティは、カランと、そして自分自身に、いずれ金は返すと約束した。いったんスタジオから利益が上がるようになれば、すっかり返すことができる。

あいにく、まだそういうふうにはなっていない。ダンスのクラスから得られる収入では、食費と電気代をまかなうのがやっとだ。そして、カランが今もビルとスタジオの維持費を払ってくれている。

ミスティはそれがいやだった。囲われ者の愛人のような気分にはなりたくない。まさにそれが実際の姿なのだけれども。

彼との情事がいやなのではなく、財政的に援助してもらっているのがいやなのだ。与えたサービスへの礼に、ベッドわきのテーブルに金を置かれるのにとても近い気がして。

とはいえ、ほかに道がないのだから、しかたがないではないか？　カランへの負債から抜け出すには、ダンススタジオを成功させるしかない。いずれ生まれる子供のためにも、それはこれまでにも増して重要になる。ことに、カランはあと五カ月で自分が父親になるとは夢にも思っていないのだから。

ミスティはいくらかふくらんできたおなかに手をあてて息を吸い、カランに妊娠のことを秘密にしているせいで、このところ感じるうしろめたさとともに、四六時中悩まされているめまいをやりすごした。

黙っていたほうがいいのよ。彼女はあらためて思った。もしカランが赤ん坊のことを知ったら、正しいと思うことをしたがるだろう。たとえ、もっともしたくないことだとしても、彼は結婚しようと言うだろう。

カランは常に責任感を持ち、家名を守るように育てられた。父親がハイスクールを卒業してまもなく母親を妊娠させたときは、カランの祖父が二人を強引に結婚させて子供に名前を与え、立派な家名を汚させないようにした。

ミスティはカランをそんな立場に立たせたくなかった。彼がいやがることを強要し、そのせいで、あとで彼女をうらむような状況に追いこみたくない。

そう、だから黙っていたほうがいいのだ。ミスティは家でできる妊娠検査をして、のちに医者のところで血液検査をしたが、疑いが確実になってから数カ月の間、カランを避けていた。

ダンススタジオの採算がとれるようになるまで、もうしばらくこのまま彼を遠ざけておければ、すべてがうまくいくのだけれど。彼が投資してくれた金を全額返すめどが立つし、そのときには彼も、彼女が電話に出ず、かけ直しもしなかったのは、彼にもう会いたくないからではなかったとわかってくれるだろう。

こんなふうに、突然に彼との関係をやめたくはなかったが、これが誰にとってもいちばんいいのだ。カランはミスティによくしてくれた。私のような女にはもったいないくらいに。彼女はしばしばそう思っていた。だからこそ、そしてカランのことを心配すればこそ、おそらくは彼が望みもせず、ましてや計画にもなかった妻と子を押しつけたくない。

音楽が終わりに近づき、ダンサーたちのステップがゆっくりになると、ミスティは立っていた——というより、寄りかかっていた——鏡張りの壁の前からやっとの思いで離れた。レッスンに半分も集中していないのに気がついたが、少なくとも、基礎レッスンが滞りなく終わったのはわかった。今は大人のクラスだから、子供よりのみこみが早い。

「みなさん、よくできました」ミスティはほめながら拍手した。「さて、次はこういう動きを加えて……」

部屋がぐるぐるまわりはじめ、ミスティは言葉を切った。指示を待つ女性たちの列のほうへ一歩踏み出しただけなのに、一キロも走ったように動悸《どうき》がする。急に口が乾き、頭が破裂しそうだった。

すると、床がななめにかしいで、せりあがってくるように感じた。視野が狭まり、暗闇《くらやみ》の中の一点しか見えなくなった。なにかおかしいと思った直後、ミスティは気を失っていた。

カランは、兄のブライアンのレストランでエリオット家専用の席に座っていた。〈ユンヌ・ニュイ〉はブライアンの誇りであり、喜びだった。ニューヨークの九番街にあり、今風の、フランス風アジア料理を特徴とした、とてもはやっている店だ。料理は、冒険的なメニューとともに、論評や記事でしばしば賞賛されている。店内の抑えた赤い照明が、黒いスエードと銅の内装に魅惑的な光を投げている。

カランは、明らかにブライアンがその週にいれ方をじっくり研究した、しゃれたフランス風コーヒーを飲みながら、ランチをともにするジョン・ハーランを待っていた。

二人は生涯の友と言っていい。土曜日にゴルフをして、十三打という恥ずべき差でジョンに負かされたあと、カランは最近のミスティとのトラブルのことを彼に話してみてもいいかもしれないと思いはじめた。

ミスティのことを誰かに話す覚悟ができているかどうか定かではないが、彼女が電話に出ず、すぐにも彼女のもとへ飛んで、なにが起きているのか知りたくてたまらない今、友人にアドバイスを求めるのもあながち的はずれではないだろう。

祖父のパトリック・エリオットが引退するのにあたり、後継者選びのために息子たちに仕掛けたいまいましい競争がなければ、カランは今ごろとっくに旅立っていたのだが。しかし、仕事に忙殺され、ここ一、二カ月は、ラスヴェガスへ飛ぶ時間を見つけることはおろか、オフィスさえめったに離れられないありさまだった。

「座ってもいい？」

顔を上げると、思いがけず席の横にいとこのスカーレットが立っていた。いつもながら度肝を抜くような服装をしている。しかし、明るい色彩とスタイリッシュなデザインは彼女の派手な性格にぴったりだった。

「ええっと……」カランは彼女のうしろを見やって、それからふたたび淡いグリーンの瞳に視線を戻した。「連れが来ることに――」

「僕だ」

いきなりハーランが現れ、カランはもう少しで、いとこのほっそりした体が急に緊張したのを見逃すところだった。

「それで？　三人でランチですか？」レストランのマネージャーのスタッシュが、楽しげなフランス風のアクセントで尋ねた。

「いいえ」スカーレットはぎこちなくうしろに下がり、ジョンにぶつかった。ジョンは彼女の両肘をとらえ、よく知らない仲にしては長すぎるとカランが感じるほど、そのまま放さずにいた。

スカーレットとジョン・ハーランの間になにがあるのか、カランが問いただしたり、推測したりする間もなく、携帯電話が鳴った。彼は画面を見て、かけてきた相手がわかると、胃がよじれそうになった。

ミスティがダンススタジオの電話からかけてきたのだ。

何カ月も連絡をとろうとして山のようにメッセージを残したのに、彼女は電話をかけてこなかった。

ただの火遊びに過ぎないのだ。何年も前に終わりにするつもりだった。しかし、ミスティが避けるようになって、彼との関係を終わらせたいのではないかと思うようになり……。

それはいやだった。ほかの理由もあり、カランはよけいに、なにがなんでも彼女と話をしたかった。彼女に会いたかった。

カランは二回目の呼び出し音が鳴りおわる前に、携帯電話をかちっと開いて応答した。「もしもし？」

「ミスター・エリオットですか？」電話の向こうの声がためらいがちに尋ねた。

ミスティではなかった。それにしても、彼女以外の誰が、どういうわけでスタジオから彼のプライベートな携帯電話にかけてくるのだろう？

眉をひそめて、カランは答えた。「そうですが」

「あの……」

電話の女性が誰であれ、いっそう緊張をつのらせた声になった。

「私はケンドラと申します。ミスティのダンススタジオの生徒です」

「ええ」カランはまだわけがわからないまま、ふたたび答えた。

「実は、その……ちょっとした事故がありまして、あなたの番号が短縮番号の最初にあったので、かけたんです。誰に連絡していいかわからなくて」

「なんだって？」カランは声を張りあげて立ちあがり、銅版張りのテーブルに前かがみに手をついた。〝事故〟という言葉が気になって、電話の女性がほかになにを言ったか、よく理解できなかった。

「レッスン中にミスティが倒れて――」

「で、彼女は？」

「よくわかりません。救急車を呼んだんですけど――」

「彼女はどこに連れていかれた？」

「セント・ローズ・ドミニカン病院です」

カランは誰かにというより自分自身に鋭くうなずいて、大声で言った。「できるだけ早く行く。なにかわかったら、同じ番号に電話してください。いいですね？」

電話の女性が同意すると、カランは短く別れを告げて携帯電話を閉じ、そのまま席を離れた。

「行かないと」

「どうしたの？」スカーレットが尋ねる。「誰か怪《け》我《が》したの？」

「君の知らない人だ」一族の誰も知りはしない。ジョンと目を合わせながら、カランは時間を無駄にさせたことをあやまった。「悪い。せっかく来てくれたのに、ラスヴェガスへ行かなければならなくなった」

「かまわないさ。僕にできることは？」

「連絡する」カランはすでにドアのほうへ向かいながら、口元を引き締めて言った。「ありがとう」

　エリオット家の自家用飛行機と、一刻も早くネヴァダ州ヘンダーソンへ着きたいというカランのやみくもな思いをパイロットが察したおかげで、五時間後には病院へ着いていた。

　救急救命室のドアを勢いよく抜け、まっしぐらにナースステーションをめざす。そこでミスティの現在の容態を聞き、病室へ案内してくれるように頼んだ。正気も失わんばかりに取り乱した家族には慣れっこの看護師がコンピューターでミスティの名前を調べ、病室の番号をカランに教えて、エレベーターのほうを指さした。

　救急救命室から一般の病室に移されたのはいい兆候だ。それに、看護師は集中治療室のことはなにも言わなかった。

　それなら、治療がすんで病室に移されたのはミスティにとっていいことではないか？

　エレベーターで三階まで上がる間、カランの神経は乱れ、恐れで脈が速くなった。ドアが開くと同時に彼は足を踏み出し、通りがかりの看護師を引きとめた。「ミスティ・ヴェイルの部屋をさがしているんですが」

　黒髪の若い看護師がほほえみ、カランをうしろに従えて、今来た方向へ引き返した。「ちょうど彼女を見てきたところです。具合はいいですよ。安静にしています。なんのことはない、過労ですわ。かわいそうに。ろくに休まずに働きすぎたのね。あんな状態で無理をしてはいけないのに」

　カランは看護師の一方的なおしゃべりをほとんど聞いていなかった。ミスティのどこが悪いのかにも注意がまわらない。ただ、彼女の顔を見て、無事を確かめたいだけだ。

　看護師が閉じたドアの前で足をとめた。ドアノブの上の細長い窓は幅が狭すぎて、中がよく見えない。

「ご心配なさらずに」看護師がカランの腕を軽くたたいた。「患者さんも赤ちゃんも大丈夫ですから」

　ミスティの病室の前にカランを一人残し、看護師は廊下を引き返していった。

　赤ちゃん？

　頭が空まわりし、口が乾いてくる。

　赤ちゃんだって？

　息づかいが乱れ、気がつくと、てのひらが汗ばんでいる。

　赤ちゃんって、なんのことだ？

　頭が爆発しそうだった。ミスティの体調が心配なのに、そのうえ赤ん坊がいることがわかったのだ。

　ミスティの赤ん坊。

　ということは、僕の赤ん坊なのか？

　カランは頭を振った。その目でミスティを見るまでは、たしかなことはなにもわからない。

　ドアを開けて、暗くした病室にすばやく入る。光度の低い蛍光灯が空のベッドの上にともり、患者の眠りを妨げないように、仕切りのスクリーンが下ろされている。

　カランは清潔な床をきしませながら、ミスティが見えるところまで爪先立って歩いていった。彼女は青白い顔で真っ白なシーツの上に横たわっている。

この部屋で唯一色があるのは、ハイライトを入れた彼女の茶色の髪だけだ。点滴のチューブが手の甲に刺してあり、容態をチェックするさまざまなモニターが光ったり、発信音を出したりしている、

しかし、カランの注意を引いたのは、簡素なコットンのシーツの下でかすかにふくらみを確認できるミスティの腹部だった。背筋を冷たいものが這《は》いおりる。

〝患者さんも赤ちゃんも大丈夫ですから〟

患者さんも赤ちゃんも……。

なんてことだ。ミスティはほんとうに妊娠しているのだ。

カランはごくりと唾《つば》をのみこみ、いったいなにを思えばいいのかわからないまま、ミスティのそばへ行った。彼女へ怒りをぶつけたい気持ちもある。三カ月も彼を避けていたことを怒っていた。しかし、今やっとその理由がわかった。

カランの子供であろうとなかろうと、妊娠がわかったときに知らせてくれなかったことへの怒りもある。だが、こんなに小さく、弱々しく見えるミスティを目の前にして、いつまでも怒っている気にはなれなかった。

部屋の隅から椅子を運んできて、ミスティのそばへ腰を落ち着け、彼女の動かない手を握った。顔から閉じた目、眠りながら軽く開いた唇へと目でたどる。胸に目をやると、心なしか前よりいくらか豊かになったように見える。そしておなかには、二人の赤ん坊が宿っている。

僕の子供だということに、ほんとうに間違いはないのか？

それは間違いない。

妊娠した恋人が、ほかの男とベッドをともにしていたと簡単に結論を下せる男性はたくさんいるかもしれないが、カランの場合、それが現実的に可能と

は思えなかった。

交際している間はずっと、たがいに隠し事はしないことにしていた。カランはたしかにほかの女性とデートしたし、ミスティが二、三度外出したのも知っている。

しかし、カランと関係を持ちながら、ミスティがほかの男性とベッドをともにしたとは思えない。これは彼の思いあがりでも、四年の間に彼女のことをよくわかったと思いこんでいるからでもない。

もし彼女がほかの誰かと関係を持ったとしたら、カランにそう告げただろう。そうでなければ、しょっちゅう訪れる彼の目をまともに見られなかったはずだ。それに彼女は、ほかの男性にディナーに誘われて出かけたときは、そのつど、ごくオープンにカランに話した。

一方カランは、たびたびほかの女性と重ねているデートの詳細を告げていなかった。一つには、彼がほかの人々に思いこませているほど頻繁には体の関係を持たないからだ。

彼の家は裕福で、一族のメンバーはマンハッタンのあたりではよく知られているため、すぐに正体がわかってしまう。そして彼は、一族の中のプレイボーイとして通り、常に美しい若い女性を伴っていた。

相手はモデルや女優、グラビアモデル、弁護士、広告会社の重役、ブティック経営者……。なにか例を挙げてみるといい。必ず彼のデートの相手に含まれているはずだ。彼は二十七年間生きてきたうちのほとんどを、そんなふうにして、とことん楽しんでいた。

しかし最近は、まわりが期待するほど多くの女性との付き合いはなかった。ますます、ミスティのことばかり考えるようになっていた。ほかの女性ではなく、彼女といっしょにいたいという欲求がつのるばかりだった。

ほかの女性を伴って出かけるとか、ベッドに迎えるとかするよりは、一人で外出したほうがいいくらいだし、魅力的な、彼に喜んでついてくる女性に四六時中囲まれているより、ミスティに会うときを待っているほうがよかった。

カランは片手でしっかりミスティの手を握ったまま、もう一方の手をシーツの上にすべらせて彼女の腹部にあてた。

ミスティが身じろぎする気配に、カランは頭をかしげて彼女の目を見た。苦しみに曇る瞳はいつもより濃い緑色をしていた。

「カラン」ミスティがささやいた。ずっと言葉を発していないせいか、喉に引っかかるような声だ。

「ここでなにをしているの？」

「君の具合がよくないと聞いたものだから、チキンスープでも持っていってあげようと思って寄ったのさ」

一瞬、ミスティは口元をほころばせたが、心配そうな表情は消えなかった。

「気分はどうだい？」彼女の気をまぎらわそうとして、カランは尋ねた。

ミスティはまばたきをし、一瞬、目をそらして、また視線を戻した。「よくなっているわ」

「ミスティ……」注意をすっかり引きつけるまで待って、カランは彼女の腹部に手をあてた。それで彼女にはなにを言おうとしているかわかるはずだ。

「どうして教えてくれなかったんだい？」

ミスティの目に涙が浮かんだ。唇がふるえている。カランは立ちあがって彼女を抱きしめたい衝動と闘った。なにより彼女をいたわりたいし、万事心配ないと言ってやりたいが、その前に彼女の答えを聞かなくてはならない。なぜこれほど重大な秘密を、こんなに長い間打ち明けずにいたのかを。

「ごめんなさい」声がふるえ、先を続ける前に、ミスティはくすんと鼻を鳴らした。「あなたにどんなふうに伝えたらいいかわからなくて。それに、義務感を負わせることだけはしたくなかったの」

「義務感だって？」カランはおうむ返しに尋ね、いらだちが声ににじまないように苦労した。「この子は僕の子供だろう？」

ミスティは深く息を吸い、胸が盛りあがった。顎をわずかに上げる。「そうよ」

ミスティの答えを聞けば安堵《あんど》すると思っていたが、案に反して、なにも感じなかった。なぜなら、きくまでもなく、答えを知っていたからだ。

カランは鋭くうなずき、座ったまま、いくらか背筋を伸ばした。もっと知っておきたいことはあるが、今の彼女は、くわしく問いつめられて答えられるほど体の調子がいいとは思えない。

「わかった」カランはミスティの手をぎゅっと握り、もう一方の手で彼女の額を撫《な》でて、髪をすいた。

「あとで話そう。今は休むといい」

ミスティは納得していない顔をしていたが、言い返しはしなかった。そしてまもなく、うとうとしはじめた。

カランはミスティと赤ん坊が無事だったことを感謝しながら、そして、次になにをすればいいかプランを練りながら、彼女が眠るまでそばについていた。

まずは、担当医と相談することだ。そもそもどんなことがあって、ミスティが病院に運ばれたかをくわしく知りたい。受けたほうがいい治療や指示があれば、それも聞いておきたい。

次にミスティを家に連れて帰る。そのほうが彼女は快適だろうし、カラン自身もくつろげる。

そして、それら二点をうまく片づけたら、いよいよほんとうにむずかしい計画に取りかかれる。

それは、ミスティに彼との結婚を承知させることだ。

3

それから二日後、ミスティは自分のアパートメントに足を踏み入れた。ウエストに添えられたカランの手を痛いほど意識しながら。彼は病院へ到着してからというもの、彼女を気づかって片時もそばを離れなかった。

カランの紺のスーツは、まる二日着たきりでいたせいで、しわになっていた。ミスティのアパートメントに別の服が置いてあったが、ちょっと立ち寄って着替えるだけのわずかな時間さえ、そばを離れようとしなかった。三十分もかからなかっただろうに。食事もいっしょに病室でとった。ミスティが夜中に目覚めると、座り心地の悪い見舞い客用の椅子に寄りかかり、眠っていても彼女を見守るカランがいた。三カ月も嘘《うそ》をついて避けてきたのに、カランがそんなにもやさしくて献身的でいてくれることにミスティの胸は痛んだ。

罪悪感が身に応《こた》え、ミスティは足元をかすかにふらつかせた。すかさず、カランの強い腕が彼女の両肘をつかんで支えた。

「ゆっくり歩いて」カランが気づかいにあふれたやさしい声で注意して、リビングルームのソファまで付き添っていく。

ミスティをふかふかのクッションにもたれさせ、それから彼女の持ち物が入ったビニールのショッピングバッグをコーヒーテーブルに置いた。

ある看護師が教えてくれたのだが、カランはその看護師に金を渡し、ミスティが退院するときに着るものをランチタイムに買ってきてくれるよう言ったのだという。おかげでミスティは、入院したときに身につけていたレオタードとタイツ姿で帰らずにすんだ。

「医者は安静にしているように言っていた」カランは振り落とすようにジャケットを脱いで、近くの肘掛け椅子の背にほうった。「ここで横になるか、ベッドに入るといい。なにか必要なものがあったら言いなさい。わかったね？」

　ミスティは笑みがもれそうになるのをこらえた。『スナップ』誌のオフィスでは、彼はきっとこんなふうなのだろう。会議の場や、一族の会社であるEPHの社内では、信頼のおける、堂々たる管理職なのだ。

「イエス、サー」ミスティは二本の指で敬礼した。

　カランが渋い顔をすると、ミスティはますます愉快になった。しかし、こんなによくしてくれた彼に、世話をしてもらいながら感謝していないと思われたくはない。

　ミスティはいくらか大きいサンダルを脱ぎ捨てて、ソファに長々と体を伸ばした。

　まばたきする間もなくカランがそばに来て、クッションをぽんぽんとふくらませて彼女の頭の下にあてがった。「これでいいかい？」

　ミスティがうなずくと、カランはふたたびうしろへ下がった。

「ほかに欲しいものは？　おなかはすいていないかい？　トーストかお茶でもどう？　それとも、ミルクがいいかな？」

　カランは踵《かかと》に体重をのせ、両手をしわくちゃのズボンのポケットに突っこんでいた。髪には、落ち着きのない指でしょっちゅうかきあげているかのように、あちこちに向いた分け目がたくさんつき、顎は二日剃《そ》っていないひげにうっすらとおおわれている。

　彼にはほんとうに心配をかけてしまった。入院した最初の夜に少し話したことだけでなく、もっときちんと説明しなくてはならない。彼は礼儀正しさから、自分からはその話題を持ち出さないでいる。

　ミスティは首を振った。「私は大丈夫よ。それより、あなたこそ、シャワーを浴びて着替えたほうがいいわ。さっぱりしていらっしゃい。私、あなたが戻ってくるまでここを動かないわ。ほんとうよ」

　カランはその気のない、納得できない顔をしていた。やがて肩の力が抜け、目つきがやわらぐと、ミスティはほっとしてほほえんだ。

　カランはポケットから手を出し、うわの空で胸を軽くかいた。「ほんとうにじっとしているかい？」

「ええ、ほんとうよ」ミスティが励ますようにうなずく。

「わかった」それでも、まだ少しぐずぐずしたあと、カランは決然と立ちあがり、リビングルームの家具をまわりこんでベッドルームとマスターバスルームのほうへ向かった。

　それからの二十分間、ミスティは身じろぎもせずに横になっていた。あきはしなかったが、じっとしているという約束を破れないでいる自分にとまどっていた。頭が痛むのは、病院で感じはじめた極度の疲労のせいではない。

　そうではなく、カランと自分の間がどういう成り行きになるかまったくわからないことが気になって、痛むのだ。

　カランには赤ん坊のことを知らせたくなかった。なぜなら、彼の態度は二つに一つだと思ったからだ。肝をつぶし、最新技術が許す限りの速さで反対方向へ逃げ出すか、または、多大なる責任感に突き動かされ、少なくとも経済的に彼女と子供の世話をすることを主張するかのどちらかだ。

　すべてにおいて子供に最高のものを与えられる経済力がカランにあるのは疑う余地はない。最高の服、最高の教育、最高のおもちゃ。ダンススタジオのささやかな収入ではとうてい太刀打ちできない。そのダンススタジオも……カランが維持させてくれてこそのものだ。

それから、ミスティの恐怖をかきたてる別の思いもあった。それは、その気になれば、子供を彼女から取りあげる富と力がカランにあるという事実だ。

彼が、私とはもういっしょにいたくないけれど、子供は欲しいと言ったら、どうなるのだろう？

もし彼が、彼と彼の一族が与えられる限り、立派に、特別な待遇で、子供をニューヨークで育てることを望んだら？

子供の母親が元ショーガールであることをカランが問題にしないとしても、家族に彼女のことと、結婚前に妊娠したことを打ち明けたとき、家族が怒って、子供だけ連れ帰るよう迫ったら、どうすればいいのだろう？

そういった可能性がミスティの頭を砂嵐《すなあらし》のように吹き荒れた。一つ頭に浮かぶごとに、前のものより悪く思えた。

カランはいい人だ。今まで出会った人の中で最高の部類に入る。彼女のことを元ショーガールというふうには扱わない。元ストリッパーか娼婦《しょうふ》のように見なす人もいるというのに。

しかし、二人の関係はまったく健全ではない。ミスティは囲われ者だ。それははっきりしている。そして彼女はそれでよかった。これまでも気にならなかった。

なぜなら、しっかりした自分の意思で、カランとの情事を始めたからだ。愛人になる自覚があったからだ。

妊娠は番狂わせだった。暗黙のうちにできあがっていたルールはもはや通用しない。

ミスティは、心ではカランは親切で思いやりのある人だと思いながらも、頭では彼がエリオット家の人間であることを警戒していた。大家族で、裕福で、力のあるエリオット一族。彼の家族にとっては、ミスティは人の数にも入らない。

ミスティはショーガールの娘で、なるべくしてショーガールになった。ずっとショーガールになりたいと思っていた。幼いころから、ラスヴェガスでもっとも魅惑的ないくつかのカジノの楽屋に出入りし、望むことといえば、大人になって、母と同じきらびやかな仕事につくことだった。

したくなかったのは、母のように何度も結婚と離婚を繰り返すことだ。母には現在、四番目の夫がいる。そして楽しく人生を送っているが、それでもミスティは、やはりそんな母をまねたくはなかった。

それに、シングルマザーになるつもりもなかった。ところが、愛人という立場で妊娠してしまったために、シングルマザーの将来が待ち構えているようだ。

どうにもならない事態に、ミスティはうめき声をあげた。

「どうかしたのかい？」

うしろからカランのひどく心配そうな声が聞こえ、ミスティははっとして振り返った。

「びっくりしたわ」彼女は激しく打つ心臓の上に手をあてた。

「大丈夫かい？」カランがミスティのほうへ歩いてくる。

「ええ」

「なにやらうめいていたね」

「厳密に言うと、うなったのよ」

ミスティはあおむけになり、子供を宿してふくらんだおなかに目をやり、片手で撫《な》でた。すでに動くことがあり、そのたびに、命が宿っているのだと感じる。男の子であれ、女の子であれ、もうすぐ手足をばたばたさせたり、泣いたりして、しっかり世話をしてほしいと訴えるようになるのだ。

「なんてことをしてしまったのかしら、と考えていたの。うなりたくもなるわ。あなたもそう思うでしょう?」

髪にまだしずくをつけたまま、カランがそばへ来て、真向かいの椅子に座った。おかげで、ミスティは身動きしなくても、彼と目を合わせられた。

カランは裸足《はだし》で、はき心地のよさそうなくたびれたジーンズにえび茶色のポロシャツという姿だった。それは彼の好きな服装で、ミスティのところで少しのんびりできるときはよくその服を着た。

ミスティもその服装が好きだった。親しみやすく、普通に見えるからだ。それに、カランがその服を着ていると、しばらくいっしょにゆっくりできるのだとわかる。

「そんなに一人で苦しまないで。君は一人ぼっちじゃないんだから」

ミスティはなんと答えていいかわからずに目を伏せた。

「そのことを話し合ったほうがよさそうだね?」

深く息をついて、ミスティはうなずいた。「ききたいことがたくさんあるでしょうね」

「あるとも」カランは前かがみになって腿に両肘をつき、手を組み合わせた。「妊娠して、どれくらいになる?」

「十六週間よ」

カランは目を細めて、頭の中で計算した。「四カ月だね。ちょうど僕たちが最後に会ったころだ」

ミスティはごくりと唾《つば》をのみこんだ。なにか言おうとすると、すべて悲鳴を絞り出すような声になりそうな気がして、首をぐっと横に傾ける。

「わかったのはいつだい?」

「ひと月ほどたってからよ」

カランはわずかな間、そのことに思いをめぐらせた。剃りたての顎がぴくりと動く。

「それで君は、僕からの電話にも出ずに、留守番電話に入れたメッセージにも返事をしなかったんだね」

「ごめんなさい」ミスティは体を起こし、ソファの肘掛けにクッションをあてがって寄りかかった。「ひどいことをしたのはわかっているわ。でも、あまりに混乱してしまって……。初めは信じられなかったわ。初めて避妊具をつけなかったあのときを除けば、私たちはいつもよく注意していたんだもの。でも、家でできる妊娠検査を何度しても、結果は同じだった。産婦人科の先生に診てもらってからも、まだ否定していた気がするわ。あなたと話をしたら、私の声の調子から、なにかおかしいと気づかれてしまうと思ったの」ミスティはため息をついて、そわそわ動きそうになる指を腿に押しつけた。「嘘はつきたくなかったし、なにも変わりないとも言いたくなかったの。それで、臆病《おくびょう》なやり方で、なにも言わないことにしたのよ」

「僕を避けていたね？」

「ええ」ミスティはうしろめたさで消え入るように答えた。

「僕に知る権利があるとは思わなかったのか？」

カランの声はやっとの思いでこらえている怒りにふるえていた。それがミスティの背筋をつたわり、彼女は身をふるわせた。

「もちろん、あなたは知る権利があるわ。あらゆる権利がありますとも。すぐにあなたに知らせなかったのは、こわかったからなの。それに、あなたが信じられればの話だけれど、私はあなたを守ろうとしたのよ」

「僕を守るだって？」カランはあざけるように言い、ぱっと立ちあがって部屋を行ったり来たりしはじめた。日に焼けた長い指で髪をかきあげ、ジーンズの腰に手をやる。

「そうよ」ミスティは自分で思っている以上の熱をこめて答えた。「カラン、あなたは二十七歳よ。エリオット家の一員で、一族の会社でもっとも成功している雑誌の一つを担当する営業部長なのよ。膝を傷めてステージを降りたダンサーと、望みもしない子供に縛りつけられるには若すぎるわ。そんなことがマスコミに知れて、悪く報道されたら、あなたのご家族は迷惑に思うでしょう」

カランは足をとめ、額に穴があきそうなほど強い視線でミスティをにらみつけた。

「新聞になにか書かれて、僕が気にすると思っているのか？」

「今はともかく、あとでご家族に、私のような人間とかかわって、一族の輝かしい評判に傷をつけたことを責められたら、どう思うかしら？」

カランは目を細め、歯が粉々になってはいけないので、あまり強く歯をくいしばらないようにした。いらだちと血圧のどちらが先に限界に達するかわからない。

ミスティが自分自身のことをそんなふうに話すのがいやでたまらない。カランより年上なことを問題にしたり、ラスヴェガスのショーガールだったというだけで、彼の家族が反対すると思いこんでいる。

それでも、二番目の問題に関しては、彼女は正しいかもしれない。特に祖父は、カランが元ショーガールの愛人と私生児を家に連れ帰ったら、かんかんになるだろう。

しかし、そうはいっても、そもそもパトリック・エリオットが家族のふるまいに満足することなんてあるだろうか？　一族の誰であれ、祖父の賞賛を勝ち得ることはできそうにない。カランもそのうちの一人として、祖父の目にかなう努力をするのに疲れていた。

一族のほかのメンバーも、おそらくカランと同じ気持ちなのだ。彼らはたいして祖父に敬意を抱いておらず、できるだけ距離をとって非難されないようにしている。

「君みたいな人間、だって？」カランはそのときもまだ痛いほど歯をくいしばっていた。注意して見れば、彼がやっとの思いで気持ちを抑えているのがわかったはずだ。

しかし、ミスティはいっこうに気がつかないようだった。蛾《が》を火に向かって引き寄せるような、アーモンド形の明るい緑色の瞳で、ひたすらにじっと見あげている。

「あなたにとって私がただの気晴らしにすぎないのは、おたがいにわかっているはずよ」ミスティは静かに答えた。「私たちの関係は長く続くようなものではないし、あなたのルールを変えたくないの」

〝一……二……〟

カランは鼻孔をふくらませて鋭く息を吸いこんだ。

〝三……四……〟

吸って。吐いて。

〝五……六……〟

吸いこむ。吐き出す。

〝七……八……〟

こうして息をしていれば、こうして数えていれば、目の端でゆらめく赤いカーテンが消えて、手近な壁をげんこつで突き破りたい衝動もおさまるかもしれない。

〝九……十……〟

「第一に」カランはあえて平静な声を保って言った。「君はただの気晴らしではないよ。たしかに、僕たちは激しい情熱に駆られて関係を持ち、ベッドで過ごす時間がすばらしいからこそ、関係を続けてきた。でも、僕は家で君を抱くこともできるわけだ。二カ月ごとに五千キロ近くも空の旅をしなくてもね」

ミスティはカランのあからさまなもの言いにうんざりしたが、さえぎりはしなかった。それでよかったのだ。なぜなら、てのひらに爪がくいこむほど拳《こぶし》を握り締めていても、彼の怒りはしずまっていなかったのだから。

「第二に、今までがどうであれ、ルールは変わったんだ。君は僕の子供を身ごもっている。いやがおうでも、すべてが変わるんだよ。第三に、僕は家族を愛している。だから、わざと傷つけたり、とまどわせたりするようなことは決してしないつもりだが、僕の人生まで指図はさせないよ。僕のことは僕が決める。わかったかい？」

ミスティはくすんだピンク色の唇を湿した。カランはソファの彼女のもとへ行き、欲望のおもむくままにキスをするかわりに、意識的に怒りを保っていた。

「わかったかい？」カランがもう一度きく。そのきつい口調にミスティははっとなり、彼自身も目下の問題に焦点を合わせることができた。

ミスティはうなずいた。カランが今まで知っている中でいちばんというほど確信がこもったものではなかったが、それでじゅうぶんだった。

「それならいい」カランが拳をゆるめて指を伸ばすと、むずむずとしびれが走った。「とにかく、僕は決心したからね。家族のためでも、間違った責任感のためでもない。自分のために決めたんだ」一瞬、間をおいて、彼は率直に言った。「僕たちは結婚するんだ」

ミスティの顔から血の気が引き、カランが初めて病室に足を踏み入れたときと同じくらい青ざめた。

ミスティはあえいで、喉に手をあてた。「カラン――」

「だめだよ」カランがさえぎり、先ほどまで座っていた椅子のところへ行き、その縁に腰かけてミスティのほうへ身を乗り出した。「言い争おうとしないで、ただ聞いてくれ。僕はこの子を産んでほしい。僕の子供なんだ。君の一部であるように、僕の一部でもある。君が妊娠してからの初めの四カ月はこの目で見ることができなかった。これ以上見逃したくないんだ。妊娠中のあらゆる段階をともにしたい。足首がむくんだらさすってあげるし、午前三時にピクルスでもアイスクリームでも運んであげる。そして、出産のときは手を握っているよ。それよりなにより、赤ん坊を毎日見ていたいんだ。週末だけとか、ここに飛んでこられるときだけでなくね。そのためには結婚するのがいちばんいい」

「カラン――」

「結婚しよう、ミスティ」

ミスティはカランから目をそらさなかった。彼女のまつげに涙がたまっているのは、彼の気のせいではない。答えを待つ間、カランの胸は激しく打ち、口がからからに乾いていった。

我が子への権利を主張するという当然のことがこんなに神経をすり減らすものだとは、いったい誰が思っただろう？

カランはミスティの唇が開いて動くのを見ていた。しかし、彼女の口から発せられた答えは思いもよらないものだった。

「ごめんなさい、カラン。それはできないわ」

4

ミスティの心は、口をきくごとに砕かれていった。彼女の言葉が目の前に座っているカランにどれだけ打撃を与えているかを見ると、胃の具合が悪くなるほどだ。彼は唇をぎゅっと結び、表情をなくしていった。

カランを傷つけている。それだけはしたくないのに。彼にはわからないのかしら？　私と結婚したら、彼の人生がだいなしになるのがわからないの？

みすみすカランの苦痛や恥になることをするくらいなら、バスの前に飛び出すほうがまだいい。それに、彼が気づいていようといまいと、結婚すれば、二人とも引き返す道を失うのだ。

それに、カランがなにを言ったとしても、彼の申し出には深い義務感がひそんでいるという気がしてならなかった。カランの兄のブライアンが予定外の妊娠で生まれたのはじゅうじゅう承知している。父親が十八歳のときに母親を妊娠させて、カランの祖父が結婚を強要したのだ。しかし、十二年の結婚生活で二人の子供をもうけたあと、彼らは離婚した。

ミスティは自分のためにも、また子供のためにも、そんな結果を望んでいなかった。それに、カランにも、子供のころにたたきこまれた義務感や責任感で、自分の幸せや将来を犠牲にしてほしくなかった。

ミスティは彼女の生まれや育ちを悟るよう、カランに目で訴えた。「どうか怒らないでね、カラン。とても親切な申し出だし、あなたがいちばんいいと思ったことをしてくれているのもわかっているわ。でも、避妊具が破れていたか、ちょっと不注意だったからといって、あなたと結婚はしないわ」彼女はおなかに手をあてた。「私もこの子を望んでいるの。私はいい母親になるわ。それに、あなたの後見や、父親としてのあらゆる権利を拒否したりしないから、心配しないで。そんなことはぜったいにしないわ」

カランは顕微鏡の下の虫を見るように、ミスティを長いことじっと見つめていた。彼女の脈は速くなり、近くからつらぬくように見られて、落ち着かなげに体をもじもじさせた。彼がなにを考えているか、あるいはなんと答えるか、見当もつかない。

「医者がなんて言ったか、少しは考えたかい？」ようやくカランは尋ねたが、見るからに感情のコントロールに苦労している。「もし気をつけないなら、病院に逆戻りするか——もっと悪ければ、子供を失うことになるんだよ」

そのことを思うと、ミスティの体を冷たいものが走り抜けた。無垢《むく》な命が宿るおなかを両腕でおおい、かすかに身をかがめた。子供を守る本能がすでに目覚めていた。

「この子を失ったりしないわ」それはミスティの決意であり、祈りでもあった。

「無理を続ければ、そうなるよ。医者は君が過労と脱水症状で倒れたと言っていた。病院へ運ばれたと知らせてくれた生徒が教えてくれたが、君はいくつかのクラスを倍に増やしたり、生徒を募集するのに地元の新聞に臨時の広告を出したりしたそうだね」

「ちょっとがんばりすぎたかもしれないわ。でも、もう二度とこんなことは起こらないようにするから」

カランの瞳が一瞬、ガラスの下のサファイアのように青く光った。「いったいどうしてそんなことをしたんだい？」

まさにそれが核心。とてもむずかしい質問ね。ミスティは深く息を吸いこみ、ゆっくり吐き出した。

「あなたもよく知っているように、スタジオの経営は苦しいの。これから子供が生まれるし、私が完全にレッスンを休まなくてはならなくなる前に、できるだけたくさんお金を貯《た》めておいたほうが賢明だと思ったのよ。今は、子供どころか、自分で生活するのが精いっぱいなんだもの。お産までの数カ月の間、私が復帰できるまで、かわりにレッスンを見てくれる人を雇うことさえままならないわ」

「僕が自分の子供の援助をしないと思うのかい？」カランがどなるように言い、怒りで眉をつりあげた。「これまでの三年間、君をじゅうぶん支えてきたんだ。それなのに、君が妊娠したと知って、突然援助を打ち切ると思ったのかい？」

ミスティはため息をついた。カランを怒らせるのを懸命に避けようとすればするほど、その怒りを全開にさせてしまったようだ。

ミスティはソファから下りて、やわらかなベージュの絨毯《じゅうたん》の上をカランのそばまで膝をついて進んでいった。片腕を彼の脚にからめ、指をたくましい腿の上に置く。

「そんなこと思いもしないわ」ミスティは静かに答えた。「そんな意味で言ったのではないの。でも、カラン、私宛《あて》の請求書をいつまでもあなたに払ってもらうわけにはいかないわ。あなたがしてくれたことすべてに感謝しているのよ。あなたがいなかったら、膝を傷めたあと、いったいどうなっていたかしら。でも、初めから言っているように、最初にこのビルを買って、住まいとスタジオに改装するのに支払ってくれたお金は、耳をそろえてお返しするつもりよ。毎月あなたが口座に振りこんでくれるお金は言うまでもないわ。スタジオが赤字だから、しかたがないのよ」

ミスティはそう言って、顔をしかめた。あえて言うなら、カランがダンスのクラスを開くようにお膳《ぜん》立《だ》てしてくれたことより、毎月の手当をもらうことにいらだっていた。そのせいで、完全に自立できずに、雨露をしのぐ屋根と食べ物のために男性に依存していることをありありと見せつけられる。そして、カランとの関係の本質を思い知らされる。

ミスティはカランの愛人で、どの点から見ても、カランは彼女のパトロンだ。認たくはない事実ではあるが。

「金は返さなくていいと言っただろう。あれは貸したのではなく、君への贈り物だよ」

「贈り物がなによ」ミスティは声をひそめてつぶやいた。彼女がスタジオを開設して運営していくのを助けるのに、カランは十万ドル以上の金をつぎこんでいる。そしてそれには、彼女の口座にたっぷり入っていて、こうして話している間にも利子を生んでいる預金は含まれない。

「問題は」カランははっきり会話の方向を変えたのがわかるように強調した。「君はもうあまり長くスタジオでのレッスンをできないということだ。結果を考えたら、もう控えたほうがいいのかもしれないね。ほかにどうしようもないだろう？」

ミスティが話そうとして口を開いたが、カランは手を上げてとめ、言葉を続けた。

「すまない、ミスティ。でも、僕は遠くにいる父親になりたくないんだ。〝遠く離れた父親にあたる人〟にはなりたくない」

ミスティの鼓動は激しく打ちはじめ、胃は遊園地の乗り物のように一回転したかと思うと、上下に激しく動いた。「それで、あなたはどうしたいの？」

カランは胸いっぱいに深く息を吸いこみ、ふうっと吐き出した。脚に置かれたミスティの手に自分の手を重ね、長い指で彼女の指を包みこんだ。ぬくもりがしみわたり、ミスティは全身が温かくなっていった。

「僕といっしょにニューヨークへ来てほしい」

「なんですって?」ミスティは驚いて体を引いた。まさかそんなことを聞くとは思ってもみなかった。

「いっしょにニューヨークへ行こう。ダンスのクラスはキャンセルできないし、スタジオも開けておかなくてはならないが、君が教えることもできないんだし。それに、君のことだから、なにもしないでいては、一週間もしたら、すっかりあきてしまうよ」

カランが手にぎゅっと力をこめた。たったそれだけで、彼の願いの重要さが伝わってくる。

「だから、ニューヨークへ行こう。そのほうがおなかの子供のためにもいい。君には休息が必要だし、僕のタウンハウスは静かで快適だ。そのうえ、僕が君の手となり足となって、かしずくから」

そのとき初めて、ミスティは楽しい気分をかきたてられた。「手となり足となりですって?」

カランの瞳が思わせぶりな光を放った。ミスティの手の下に指をすべらせ、てのひらを上に向けて、口元へ持っていった。

「手となり」彼はささやいて、てのひらの真ん中に唇を押しあてた。「足となるよ」

カランはミスティの一本の指先を口に含んで、そっと吸った。欲望の波が押し寄せ、彼女の体の内をふるわせた。すでに膝をついていなかったら、がっくりと床にくずおれてしまったに違いない。

「ミスティ? 聞いているかい?」

カランの言葉を理解するのにしばらく時間がかかり、声を出せたのは、さらにあとだった。その声も弱々しい。「ええ……」

「君を連れて帰りたいもう一つの理由は、両親に会ってほしいからなんだ。これから二人はおじいさんとおばあさんになるわけだけど。おたがいに見知っておいてほしいんだ」

ミスティの目を曇らせていた欲望の雲が少しずつ晴れていった。カランの両親ですって? 彼は私を両親に会わせたいというの？

　なんてことかしら。紹介の場面が目に浮かぶ。〝母さん、父さん、こちらはミスティ。元ショーガールの僕の愛人で、妊娠しているんだ〟彼の両親はおびえた目をして、あんぐり口を開けるだろう。でも、まもなく理性を取り戻したら、敵意のある目でにらみながら私を非難して、カランにお説教を始めるはずだ。エリオット家のすばらしい血筋に、どこの馬の骨とも知れない、いかにも道徳観念の低そうなダンサーを加えるとはなにごとかと。

　そんなはめに陥るより、ラスヴェガスの通りを裸で歩いたほうがまだましだ。

「頼むよ、ミスティ。君は僕に借りがあるんだから」

　ミスティは目をみはった。「私にしてくれたことすべてと引き換えに、あなたはそんなことを望むというの？」とても信じられない。

「この四カ月、子供のことを内緒にしていた償いに、少し考えてくれてもいいと思ったんだ」

　それなら、一理ある。それにしても……彼の両親に会う？　少し行きすぎではないかしら？

「それに」カランは先を続けた。「ずっとというわけじゃない。短い休暇だと思えばいいよ。好きなときに、こっちに帰ってくればいいんだし」

　ミスティの手を握ったまま、カランは立ちあがり、彼女をかたわらに立たせた。そばに引き寄せられ、ミスティは進んで彼の腕に身をまかせた。なぜなら、そこが彼女にとっていちばん安全で心地よい場所だったから。

　カランの腕に抱かれるのは、燃えるようなステージライトに照らされ、十センチのヒールをはき、小型車ほども重いヘッドドレスをつけて長い夜を踊り抜いたあと、温かくていい香りのする泡風呂につかるような心地だ。それより心地よいのは彼の腕の中だけだ。

「もしかしたら」カランはミスティのウエストのふくらみを撫《な》でながら、耳元でささやいた。「僕が暮らしている場所を見たり、家族に会ったりすれば、プロポーズを受け入れる気になるかもしれないよ」

ミスティは体をそらし、カランの期待に満ちた目を見て、心を決めた。好むと好まざるとにかかわらず、彼に妊娠のことをずっと秘密にしていた負い目がある。そして、これまで何年にもわたって、彼がしてくれたすべてに対しても。それらのおかげで、少なからず守られていて、特別な存在だと感じていられたのだ。

「あなたとニューヨークへ行くわ」

ミスティの言葉に、カランはきれいな歯並びを見せてにっこりし、心底うれしそうな顔をした。

「でも、結婚はしないわよ」ミスティはカランが調子に乗りすぎないうちに釘《くぎ》を刺した。指を立てて、彼の鼻先で左右に振る。「それはまた別の話よ」

カランは笑顔を曇らせもせず、頭をかがめて、ミスティにキスをした。「今にわかるよ」

ミスティがいっしょにマンハッタンに戻ることに承知すると、カランはただちに行動を開始した。自家用飛行機のパイロットに電話して、翌朝一番に出発したいと伝え、ミスティのかわりにレッスンを引き受けてくれる講師を手配した。それからミスティをベッドルームへ運び、ヘッドボードのそばに下ろして、背中に枕《まくら》をあてがった。

ミスティが自分で荷造りできるとどんなに言い張っても、カランは聞かなかった。彼女は座ったまま、物がある場所を教え、彼がスーツケースをクローゼットから引っ張り出し、荷物を詰めるのを眺めているしかなかった。

カランは服をたたみもせず、また、靴のヒールがスカートやブラウスのデリケートな生地に引っかかるのもおかまいなしに詰めこんでいる。ミスティは笑っていいのか、身をすくめていいのか、わからなかった。そのことを指摘すると、彼は果敢に努力したが、しまいにあきらめて、旅の間に傷んだものがあったら、かわりのものを買うと言った。

　四年の間ベッドをともにして、夫婦のような親密さで交わっていても、カランがランジェリーの引き出しを調べているのを見て、ミスティはいまだに頬が赤らむのに驚いた。彼はひどく楽しげに、彼女がニューヨークへ持っていきそうな下着を取りあげては眉を動かしたり、彼女のほうを横目で見たりした。彼女はしまいには体を二つに折って笑いころげた。

　カランは荷造りを終えて、スーツケースのジッパーを閉めて、わきへ置くと、今度はミスティが寝巻きに着替えるのを手伝った。そして、そばに横たわり、二人がともに眠りに落ちるまで、彼女を抱いて髪を撫でていた。

　翌朝、二人はレンタカーで飛行場へ向かい、五時間後には東海岸に到着した。空の旅は驚くほど楽で、出張のときとは比べものにならないほど快適で静かだった。それに、到着する前にミスティが食事をとれるよう、食料も抜かりなく積んであった。

　しかし、ミスティは豪華な飛行機に乗り、カランの気づかいを感じるにつけ、彼の住む世界で自分がいかに場違いになるかと思いをはせるばかりだった。アッパーウエストサイドのタウンハウスに滞在するのにどれくらい長く耐えられるかは心配する必要はない。一週間もすれば、彼と彼の家族は、ミスティにどうかその場を立ち去って、エリオットの名前は聞かなかったことにしてほしいと頼むようになるだろうから。

　飛行機の中で眠ったおかげで、カランの家に着くころには、ミスティはぱっちりと目が冴《さ》えて、神経質に身をふるわせていた。彼が暮らしている場所を見るだけなのに、なぜ不安を覚えるのか、彼女にもわからなかった。

心のどこかで、非難がましい目つきをしたエリオット家の面々が彼女を攻撃しようとドアの向こうに待ち構えているような気がした。また、別の部分では、短い間とはいえ、今回はまさしく彼のもとに引っ越していっしょに暮らすことだと感じた。そう思うと、手がふるえ、膝ががくがくした。

カランはミスティを両親に会わせたがっている。残りの妊娠期間と子育てに積極的に参加したがっている。ミスティにはそれらはすべて、あまりにも……家庭的なことに思えた。一度カランの生活に足を踏み入れたら、二度と出られないような気がしてならなかった。

ミスティにとってはステップアップかもしれないが、カランにとってはそうではない。彼を引きずり落とすつもりはない。もし彼女と結婚したら、業界やＥＰＨの同僚の敬意を失うのはもちろん、友達の間でも笑い者になってしまうだろう。

いいえ、彼をそんな立場に立たせたりしない。あまりに強くカランを思いやっているミスティには、できない相談だった。

カランは空港まで迎えに来させた贅沢《ぜいたく》な黒い車からミスティが降りるのに手を貸し、それから彼女を抱きあげて、正面玄関へと続くよく手入れされた石段をのぼっていった。

ミスティを下ろし、ポケットから鍵《かぎ》を取り出して開け、彼女の手をとって中へ入る。あとから荷物を持ってやってくるドライバーのために、ドアは開けたままにしておいた。ドライバーにチップをやり、彼が出ていくと、ふたたびドアをロックした。

カランは振り返った。やさしくほほえみ、ミスティの部屋ではいていたのと同じジーンズの前ポケットに指を突っこんでいる。

「いい家ね」ミスティはあたりにさっと目を走らせて言った。

いかにも裕福な人の住まいという感じだが、ミスティが思っていたほど贅沢ではない。それより、実用的で、人が生活している落ち着いた雰囲気があった。

床は堅材で、つややかに磨きこまれている。入り口と玄関ホールの両側に、それぞれ広い部屋があった。

一つはリビングルームで、大画面のプラズマテレビや黒い革張りのソファと数脚の椅子があり、奥の壁に沿った棚にはステレオがあった。

もう一つは、カランのホームオフィスのようだ。部屋のずっと奥にデスクがあり、コンピューターと電話とランプがのっている。壁に取りつけられた棚は、あらゆる形と大きさの本でうめつくされていた。通りに面した窓下には腰掛けまであり、雨の午後には、そこでまるくなって本を読めそうだ。

「ありがとう」カランがミスティのうしろに来て、彼女のあらわな肩に両手を置いた。「自分の家と思って、くつろいでほしいな。よかったら、あちこちのぞいて、なにがどこにあるか見てみるといい。もし必要なものがあったら、遠慮なく言ってくれ」

ミスティはかすかにうなずいたが、この家では客の気分にしかなれないのはわかっていた。

「疲れたのかい？」カランは長い強い指でミスティのうなじを撫でた。

「そんなことないわ」彼女は答えたが、カランの巧みな指がもたらす快感に、思わずうめき声をもらした。そして首をうなだれ、目を閉じた。

「それなら、荷物を解いて、落ち着こうか？」

カランは手を離して一歩下がった。うっとりさせる刺激がふいに消え、ミスティはうめき声を押し殺して体をまっすぐにした。

「それからベッドに入ろう」

「あまり疲れていないって言ったでしょう。飛行機の中で眠ったから」

　カランが黒い眉を片方きゅっと上げ、青い目に向こう見ずな光がきらめいた。「誰が眠るって言ったんだい？」

5

　カランはベッドの裾《すそ》に腰かけ、ミスティがバスルームの中を歩きまわる音を聞いていた。シンクになにか置いたり、彼のバス用品を動かして自分の瓶や容器を置く場所を作ったりしている姿が、彼のところからよく目に入る。

　衣服をスーツケースやたった一つの引き出しに入れたままにしたり、化粧品をベッドわきのテーブルに置いたケースに入れておいたり……そんなことはせずに、全部荷ほどきして、すっかりくつろぐようにミスティを説得するのに、夜ふけまでかかってしまった。

　そんなわけで、彼女は自分の家と同じように持ち物を置いているのだが、どうも気乗りがしないようすだ。

　カランは深く息を吸い、額のしわを撫《な》でた。事は思ったより複雑なようだ。

　ミスティと赤ん坊はカランにかかわりがある。だから、家にいてほしいし、生活をともにしたい……。だが、望んでそうしてほしいのだ。

　ミスティを自分の家や家族の一員に迎え入れることを口にするたびに彼女の顔に浮かぶ表情を見ると、はたしてそんなことが可能かどうか心もとなくなる。

　バスルームの物音がやみ、カランが顔を上げると、ミスティが戸口のところに立っていた。四年前、初めてラスヴェガスのカジノのステージで見たときとは似ても似つかない姿だ。

　あのとき、彼女はスパンコールの小さな衣装をつけて、女性の魅力を余すところなく見せつけていた。カランは耳元で照明弾が発射されたような衝撃を受け、惹《ひ》きつけられた。

　ところが、目の前の彼女は、ＰＴＡの母親か、マンハッタンの社交界の女性のようだ。男たちは熱を上げ、女たちは爪をとがらせるセクシーさだ。

　もしミスティがカランの家族になるのにふさわしくないと思っていたり、彼のライフスタイルやニューヨークにそぐわないと思っていたりするなら、それは間違っている。彼女は世界のどんな場所にでもうまく適応できる女性だ。なぜなら、自分がまわりに合わせるのではなく、まわりの世界を自分に合うように従わせることができるタイプだからだ。活気にあふれ、美しく、自信に満ちている。ただ、今は違っている。神経を張りつめて、心細げだ。

　カランはベッドから立ちあがり、ミスティのほうへ二歩ばかり進んだ。「具合よくいったかい?」

　ミスティがうなずいた。しかし、動作とは裏腹に、唇を噛《か》んでいる。

「そう思うけれど、置き場所があなたの気にいるかどうかわからないわ。私のものがたくさんあって、あなたのものをいくつか動かしたから」

「僕はかまわないよ」

ミスティがちらりとうしろを見た。カランはやれやれと天井に目をやり、なんとかしないと、一晩中彼女はいらいらと落ち着かず、具合が悪くなってしまうと思った。

「おいで、ミスティ」カランはそっと言った。

ミスティは向き直ってカランを見た。なにもきかず、彼のほうへ行く。ピンクのローヒールの踵《かかと》がベッドルームの毛足の長い絨毯《じゅうたん》にうもれてしまいそうだ。

ミスティがそばに来ると、カランは両腕で彼女を抱き、胸に引き寄せた。「気をつかわなくていいんだよ」彼女の髪に向かってささやく。「君は僕と同じ、ここの住人なんだから」

ミスティは答えなかったが、全身にふるえが走り、それがカランに伝わった。彼はこめかみにキスをし、それから頬へ、そして唇にキスをした。彼女が唇を開いてカランを迎えると、彼の胸に喜びがはじけた。

カランは舌をいっそう濃密にからめながら、指を曲げて彼女の髪をすいた。眠っていたあらゆるホルモンが活動を開始して、体中を野火のように駆けめぐる。

四カ月ぶりだ。四カ月の長く味気ない日々に、ミスティを夢に見て、ベッドに伴う幻想にふけった。だが、それはかなわなかった。彼女は電話に出ようとせず、妊娠したことを隠していたのだから。

カランは怒りやいらだち、あるいは復讐《ふくしゅう》心が頭をもたげるのを待った。しかし、そのたぐいの思いはなにも感じなかった。ただ、強い欲望と、彼女を守りたいという本能に激しくさいなまれ、体が萎《な》えそうなほどだった。

片手でミスティのわき腹を撫で、おなかのふくらみに手をやる。そこに宿る彼の子供の上に。

カランは顔を上げ、強く息を吸いこんだ。「君を抱きたい。でも、体の害になるようなことはしたくないんだ」

「ならないわ」答えるミスティの声はか細かった。

カランは左手をミスティの腹部に置き、右手を彼女の頬にあてた。「でも、妊娠していて、退院したばかりだから、手を触れないでいたんだ」

ミスティがカランのまねをして、片手を彼のウエストに置き、もう一方の手を顎にやる。「入院したのは自分の体を大事にしなかったせいで、赤ちゃんになにかあったからではないわ。お医者様は私の体調がよくなるまで入院させて、そしてあなたは、ずっと申し分ない世話をしてくれた。もしあなたが自分で運べさえすれば、私が自分の足で歩くのさえ許してくれそうにないわね」彼女はいたずらっぽくにっこりした。「私は大丈夫よ。私も抱かれたいわ」

ミスティの言葉が、カランの体が二つに折れそうなくらいぐっと腹に迫った。彼女の言葉を聞いていると、謙虚な気持ちになる。同時に、この世でいちばん力強い男だという気持ちになる。彼をまるでヒーロー……彼女のヒーローのように思ってくれる。もし彼がそれを望まなければ、ひどい男だと思われてしまう。

カランがミスティを放すと、彼女は彼をそこに残してベッドをまわりこんで上掛けをめくり、明かりを落とした。彼はそばへ戻り、顔をあおむかせてキスをした。どんなに彼女を求めているか、そしてどんなふうに彼女を思っているかを伝える。

そうしながら、二人はゆっくりと服を脱ぎはじめた。カランが両手をミスティのセーターの下にすべりこませ、なめらかな肌の感触を楽しみながら裾を上に押しあげる。ミスティが彼のシャツの前ボタンを一つ一つはずしていく。

ミスティは腕を上げ、カランが頭からセーターを脱がせた。セーターを脱ぐと、彼女はすぐに彼の裸の胸に手をすべらせ、シャツを脱がせた。彼女の手の感触に沿って肌が熱く燃えるようになり、カランは息をとめた。

ミスティに喉元のくぼみにキスをされると、カランは拳《こぶし》を固め、解き放たれたばかりの犯罪常習者のように、彼女を押し倒して奪いそうになるのをこらえた。

カランは気持ちをそらして、ミスティがブルーのスラックスを下ろし、彼の肩につかまってバランスをとりながら脱ぐのに注意を向けた。彼女は同じようにして靴も脱いだ。

カランはふたたび体をまっすぐに起こし、ミスティのみずみずしい長身の姿を眺めた。彼女の身長は、百八十三センチの彼より数センチ低いだけだ。そして常に、大の男なら涙を流すほどの曲線美を誇っていた。

しかし、妊娠四カ月の今は、いい意味で誘うような体つきをしている。ある面は聖母のようであり、ある面はセクシーでかわいらしい。こんな贈り物に値するなにを僕は今までの人生で成し遂げただろうか。カランはいぶかった。

上品な白いレースのブラジャーに包まれた胸は以前より豊かになっていた。しかし、カランの目を引いたのは彼女の腹部だ。そのバスケットボール半分ほどの大きさの固いふくらみの中に彼の子供が宿っている。

カランは膝をついてミスティのウエストの両わきに手を添え、突っ張った肌に唇を押しあてた。突然、向こう側にいる小さな命に話しかけたいというばかげた衝動に駆られた。こんにちは、と挨拶《あいさつ》し、彼または彼女に会うのが待ちきれないと伝えたくなった。

そして、どんなことがあっても、君を愛し、守りたいと。

しかしそうはせず、カランは顔を上げて、ミスティのエメラルド色の瞳を見た。「妊娠するって、どんな感じがするんだい？」低い声で尋ねた。

一瞬、こんなばかげた質問をして、ミスティが笑うのではないかと思った。だが、カランはわかっているはずだった。彼女は、誠実な、心からの思いを決してあざけりはしないことを。

ミスティはカランの髪を指ですいて、彼を見おろした。唇をかすかにほころばせて。「妊娠のどの部分のこと？」彼女は知りたがった。「つわりのこと？　胸がやわらかく、大きくなること？　それとも、夜中に異様におなかがすくこと？」

「全部だよ。どんなことでも知りたい」

カランは膝をついたまま、ミスティをうしろに向かせ、マットレスに腰かけさせた。彼女に手を触れずにその場にとどまるのは容易ではなかったが、彼女の話を聞いておかなければならなかった。彼が見逃したことを知るために。

「つわりは笑いごとではないわ。初めの三カ月は、毎日、朝起きたときから午後の三時か四時ごろまで苦しんだのよ」

ミスティが顔をしかめ、カランは口元をほころばせた。

「胸は今も大きくなっているわ」ミスティは自分の胸をじっと見つめた。「でも、あなたは楽しめるんじゃないかしら。それに、敏感なのよ。でも、我慢できないほどではないの。ただ、そっとやさしくしてね」

カランがうなずく。その点は心配なかった。ミスティは彼の大きな手の中で、すでに磁器の人形のような気分だった。彼は彼女の体にさわりそうなことや不快に感じそうなことをするつもりはなかった。

「空腹感は興味深いわ。だんだんひどくなると聞かされていたけれど、もうすでに変なものがむしょうに食べたくなるのを発見したの。たとえば、アスパラガスとかマラスキーノ酒に漬けたチェリーとか」

ミスティは目を伏せた。頬がかわいらしいピンクに染まっている。「あるときは、粉砂糖のかかったドーナツを買いに二十四時間営業のコンビニエンスストアへ飛びこんで、レギュラーサイズとミニサイズの箱を全種類買って帰ると、六杯くらいミルクを飲みながら全部食べてしまったわ。『アイ・ラヴ・ルーシー』の再放送を見ながらね」

カランは、ミスティがソファにまるくなり、粉砂糖まみれになっている姿を想像して、くすくす笑った。そこにいっしょにいられたらよかったのに。午前三時に、彼女が発作的に食べたがるどんな変な食べ物でもさがしに行ってやれたらよかったのに。

「赤ん坊は？　おなかの中に新しい命が宿っているのはどんな気持ち？」

ミスティは唇を湿し、胸いっぱいに深く息を吸った。「ほんとうに知りたい？」

なによりも知りたいとも。「もちろん」

「恐ろしいわ」

カランは眉をひそめた。期待していた答えとはぜんぜん違う。

「毎日、目が覚めるたびに、どこかしら体のようすが変わっているのよ。胸は大きくなってくるし、おなかはふくらんでくる。手や足首もむくんでくるの。それから、赤ちゃんはなんて小さいのかしらと思うのよ」

ミスティはおなかの上にあるカランの手に自分の手を重ねた。

「一日ごとに育ってはいるけれど、それでもまだ、ほんとうに小さいわ。まったく無力で、まる九カ月の間、私の心づかいに頼りきっているの。私がどのくらい睡眠をとるか、どんな靴をはくか、テレビに近すぎるところに座るかどうか……」ミスティは熱のこもった顔つきになり、カランの手首をつかんだ。「つまり、私はずっと気をつけてきたわ。嘘《うそ》偽りなしに。でも、ごらんのとおり……病院にかつぎこまれてしまった。もし私が毎回の食事や歩き方におかまいなしだったら、いったいどうなっていたかしら？」

　ミスティの目に涙がこみあげ、言葉がとぎれた。カランがまつげから涙をぬぐう。「君はよくがんばった。ただ、働きすぎただけだよ。たとえそれが赤ん坊のためであってもね」

　ミスティの唇はまだふるえていた。母親としての能力を疑う気持ちが少しでもあるなら、それをぬぐい去ってやりたくて、カランは唇を重ねた。突きあげる欲望のままにむさぼるのではなく、軽く、なだめるように彼女の唇の甘さを味わった。

　唇を離したとき、ミスティの顔から自信のなさは消え、カランの心を映した、たぎるような情熱がとってかわっていた。

「赤ん坊はもう動くのかい？」尋ねるカランの声はしゃがれて、喉に引っかかっていたが、それも無理はなかった。

　ミスティがうなずいた。そのしぐさに、カランの下腹部がふいに反応した。

「次に動いたときは教えてくれるかい？　ぜひその場にいて、自分で感じてみたいんだ」

「もちろんよ」ミスティはやっとの思いでささやいた。

　それでじゅうぶんだった。知りたい答えを得た今は、心おきなくもっとわくわくするお楽しみに移れる。

　いたずらっぽい笑みをミスティに向けると、カランは立ちあがり、彼女をかかえてベッドのもっと奥へ移した。目に映る彼女の姿に感嘆し、彼女にしてやりたいことをことごとく思い描きながら、体を重ねる。今夜、項目を全部チェックすることはできないかもしれないが、二人には時間がある。

ありがたいことに、これからたっぷりと二人で過ごすことができるのだ。

カランはミスティの髪を指ですき、栗《くり》色とブロンドがまじった光輪のように頭のまわりに広げた。

「最近、とてもきれいだって言ったかな？」

ミスティの唇の両端がきゅっと上がる。「覚えていないわ」

「なんてうかつなんだ」カランはつぶやいて、ミスティのなだらかな肩にキスをした。

人さし指をブラジャーの片方のストラップの下に差し入れ、ゆっくりと腕のほうにすべらせる。もう一方も同じようにする。

「わかっていると思うけれど、きれいだよ」

カランがミスティの体の下に手をすべりこませると、彼女はいくらか背をそらした。カランが背中のホックをはずし、繊細なレースのカップから豊満な胸がこぼれる。彼はすっかりブラジャーをはずして、ベッドの端にほうった。

「初めて見たときからきれいだと思っていたよ。君はほかのダンサーたちといっしょにステージの上にいた。次から次へと魅力的な女性が出てきたが、それでも君がいちばんめだっていた」

カランの指が、次いで舌が胸の先に触れ、戯れはじめると、ミスティは鋭く息を吸いこんだ。

「私もあなたが目に入ったわ。まぶしいライトの切れ目を透かして目を凝らすたび、あなたの姿があったわ」

ミスティがカランの筋肉に爪をすべらせる。彼は敏感な胸の先端を舌でもてあそび、彼女はあえいだ。

胸の肌が感じやすくなっているとミスティが話して

いたので、軽く触れるようにした。

それから、ふくらんだおなかから腰へと両手をすべらせ、レースのパンティに親指をかけた。ミスティはパンティを脱がせやすいように体をずらした。

「今度はあなたが脱ぐ番よ」カランがふたたびミスティの唇をついばむようにキスをすると、彼女は言った。むきだしの膝を彼のジーンズにこすりつけている。

「ああ。ちょっと脱いでくるよ。僕が戻ってくるまで、ここにいるんだよ。いいね？」カランは命じた場所にミスティがいるのを承知で、にっこりした。

「逃げ出したりしないわよ」ミスティも同じようににっこりした。

カランはベッドを離れ、靴と靴下を脱ぎ捨て、もぞもぞとジーンズを脱いだ。ミスティはマットレスの上のほうへ体をもちあげた。枕《まくら》を軽くたたいてふくらませ、大勢の召使いが仕えるのを待つエジプトの王女のように、背中をもたせかけた。もし葡萄《ぶどう》の房があって、ミスティの熟れた肉感的な体を崇《あが》めながら彼女に一粒ずつ食べさせることができたら、カランはうれしいどころではないだろう。

しかし、葡萄がないので、ただ崇めるしかないが。

裸になったカランは、大きな猫が獲物に近づくように、ミスティのほうへゆっくり歩いていった。鏡を見なくても、自分の目が彼女を求めて燃えているのがわかる。体中の細胞が彼女欲しさに脈打っている。血も体も熱くなり、すでに興奮にふるえる部分に脈動が伝わっていく。

ミスティの前に膝をつき、彼女の手首をつかんで引きあげた。そのまましばらく彼女を見つめる。ハート形の顔、エメラルド色の瞳の輝き、彼にキスされて張りを持ったなめらかな唇を。

髪の下からうなじを手で包み、ふたたびキスをする。唇をむさぼり、舌を吸う。いつまでもこうして彼女の感触、香りを感じていられそうだとカランは思った。

唇を合わせたまま、カランはあおむけになるまで、徐々に体を伸ばした。ミスティの体が彼の上に重なる。彼の腹の上に彼女のおなかがきて、両の胸が彼の胸に触れる。彼女はカランの腰にまたがる格好になり、熱い部分の熱が彼の肌に伝わる。

「ほんとうに久しぶりだ」カランがミスティを引き寄せて言った。爆発する前に彼女の中に身を沈めたくてたまらない。

「そうね」

ミスティが二人の体の間に手をやり、カランを愛《あい》撫《ぶ》する。彼はひゅっという音をたてて息を吸いこみ、彼女の魔法の手を求めて体を緊張させ、腰がベッドから浮きあがった。それから彼女は彼を深くとらえた。その感覚は天国のようだ。

最後に彼女の唇を味わい、豊満な胸を手でおおい、ぴったりと彼女に包まれてから四カ月になる。

よくこんなに長く、彼女なしで耐えられたものだ。ラスヴェガスへ行き来する合間に、別の女性と付き合うとか、申し分なく欲求を満たしてくれる女性がほかにもいるなどと考えたことがあったとは。

体の結びつきだけではないのだ。ミスティが腰を浮かせ、ふたたび沈めると、体を駆け抜ける陶酔感に、カランは枕の上で頭をのけぞらせ、あえいだ。

とぎれとぎれではあるが、もう一度息がつけるようになると、ミスティが彼の頭をくらませる前によぎった考えはやはり真実だとカランは思った。セックスはすばらしい。途方もなく、驚異に満ち、地も砕けるほどに感じられる。それは間違いない。しかし、ミスティとの関係にはそれ以上のものがある。

以前、ミスティの部屋で結婚を申し込んだのは、彼女と赤ん坊のために正しいことをしようと思ったからだ。しかし、今は……今は自分自身のためにも結婚を望んでいる。

一生彼女の面倒を見るのは、そう悪いことではない。そして、夜ごとに彼女とベッドをともにするのは、このうえない楽しみになるだろう。

ミスティは押さえつけるようにカランの胸に手を置き、動きを速めた。カランの理性はすべて消え去った。彼女の腰を押さえ、動きを助ける。より速く、より強く。彼女に締めつけられ、彼は早々にみずからを解き放たないよう、歯をくいしばった。

「カラン」ミスティは顔をあおむかせた。メッシュ入りのつややかな髪があらわな肩にかかる。きつく噛んだ下唇は白くなっている。

「ミスティ」カランが彼女と同じ気持ちで応《こた》える。

ミスティがふたたび声をあげた。甲高い響きがカランの肌に、骨に、魂そのものに伝わっていく。エクスタシーとともに彼女は身をふるわせ、爪を彼の胸の筋肉にくいこませた。カランもクライマックスを迎え、ミスティに続いた。二人の歓喜に……二人の未来に向かって。

ミスティが姿勢を崩しかけると、カランは彼女を支えてかたわらに横たえ、まるいおなかを包みこむようにした。

「なんて」ミスティは上気した頬と額に小さな汗の粒を浮かせている。「感動的な歓迎かしら」

カランがくすくす笑い、ミスティの湿った髪を緑と青の宝石がゆれる耳のうしろにかけた。

「これは歓迎のしるしじゃないよ。僕と結婚したら君のものになる、たくさんいいことがあるうちの一つだ」

ミスティと目を合わせないうちに、彼女が身をこわばらせたのがわかった。しかし、カランは彼女に答えるすきを与えなかった。

「結婚してくれ、ミスティ。イエスと言ってくれ」

6

燃えあがった余韻に温まっていたミスティの体は、カランの言葉を聞いて、冷えていった。

どんなにイエスと言いたいか、カランが知ってさえいたら。

少女たちの例にもれず、ミスティも幼いころ、自分の幸せな物語をあきずに空想して過ごした。麗しの王子様にめぐり合い、白い馬の背に乗せられ、はるかな国のお城へと連れ去られる。そこでおとぎばなしのようにいつまでも幸せに暮らすのだ。

しかし大きくなるにつれ、そんな空想がいかにありえないものであったかを思い知らされた。どうやら男たちは皆、ただの人間にすぎないらしい。ミスティの住む世界には王子様などめったにおらず、たいていの男ははねあげ橋の下に住んでいる人食い鬼に近かった。

カランは明らかにその中では上等だ。誰よりも王子様らしい。しかし、魔法使いに指摘されるまでもなく、ミスティとはとうてい釣り合わない。彼女はカランにふさわしい王女様ではないからだ。

じっと見つめるカランの視線を避けて、ミスティは彼の胸に指を這《は》わせながら、胸が空っぽになるようなため息をついた。「前にも言ったように、あなたと結婚はできないわ」

意外にもカランは言い返さず、日に焼けた一方の肩をひょいとすくめた。「言ってみるだけならいいじゃないか」

よくないわ。けれど、ミスティは口には出さなかった。ほんとうのところ、プロポーズを受け入れられなくても、彼が一度ならず申し込んでくれたことはとてもうれしかった。そして、自分の子供に本物の家庭と絶大な影響力のある名字を与えたがっているカランに、それまで以上に敬意を覚えた。

「もう……二度ときかないでね、いい？」ミスティはそっと言った。手に入れられないものを思うのはとてもつらい。それに、このままではだんだん断るのがむずかしくなってくる。

「悪いけど」カランはミスティに体を重ね、たくましい腕で体重を支えながら、屈託なさそうに言った。「約束はできないよ」

それから彼はキスをし、ミスティにノーと言う理由をすべて忘れさせた。

次の朝、ミスティは脈が速く、二時間もサウナに座っていたかのように汗ばんでいた。胃が引っくり返りそうだ。なぜなのか心あたりがなかったら、つわりがぶり返したかと思うところだ。

こんなのひどいわ。なんて恐ろしい。まったくの拷問よ。カランったら、プロポーズをしたと思うと、すぐにてのひらを返すようにこんなみじめな気分にさせるなんて、よくもできたものね？

カランの両親に会うなんて。いったい彼はなにを考えているのかしら？

ベッドルームのドアからカランが顔をのぞかせると、ミスティは彼の頭になにかをほうり投げてやりたくなった。あいにく、手が届くところには引き出しいっぱいのレースの下着類しかない。どれか一つほうったら、きっとそれは彼のお気に召すだろう。

「支度はできたかい？」

ミスティはピンクのブラジャーとパンティという姿で部屋の真ん中に立っている自分を見おろした。

「支度ができているように見えて？」彼女はぴしゃりと言い返して、すぐに悔やんだ。神経がぴりぴりしているのはカランのせいではないのに。とはいえ、カランの両親に会わなくてはならないのは彼のせいだ。

　両親に会うために家に連れてこられた、妊娠中の愛人。それだけでじゅうぶん動悸《どうき》が激しくなる。

　涙がこみあげてきたが、ミスティはカランに気づかれる前に顔をそむけた。気持ちが過敏なのは単に妊娠しているせいだ。そう信じたいけれど、それだけではないのはわかっている。

　ミスティはこれからの数時間がどういうものになるか、心底恐れていた。火事、洪水、伝染病……。次から次へと悪いことが頭に浮かんでくる。

「ミスティ」うしろからカランの低くやさしい声がして、彼の両手がミスティの肩から腕を撫《な》でおろした。彼女の肌にふるえが走る。「なにかまずいことでも？」

　ミスティは声をあげて短く笑った。なにかまずくないことはあるのかしら？

「気が進まないわ」ミスティは本音をこぼした。「あなたのご両親は私を嫌いになるわ。きっと、あなたを堕落させたうえ、妊娠して罠《わな》に陥れようとしていると責めるでしょう。それに、裁きの場になにを着て出ればいいかわからないわ」まくしたてる彼女の声はしまいに甲高くなり、パニックの気配をおびてきた。

　カランが低く笑って、慰めるように彼女の両腕を撫でた。「そんな心配はしなくていい。両親はとても君に会いたがっているし、つらくあたったりしないよ。仮にしようとしても、僕がさせるものか」

　カランの言葉は効きめがあった。恐怖心がすっかり消えたわけではないが、胸のあたりの重苦しさは軽くなった。

「さて、女性に服装のアドバイスをするのは柄じゃないが、僕としては今の君の姿を楽しめるけど、両親が来る前に、もう少しなにか着たいだろうね」

まだ下着姿だったのに気づいて、ミスティは小さく悲鳴をあげ、クローゼットへと急いだ。

当然ながら、こちらへ持ってきた服は一つとして恋人の両親に会うときに着るのにふさわしいものはない。そのときのミスティには、修道女の衣服でないと、じゅうぶん控えめに見えないのではないかと思えた。

「なぜあなたに荷造りをまかせてしまったのかしら」ミスティのいらだちがふたたびつのっていく。「あなたが選んだのはセクシーなランジェリーばかりよ。そんなものを着て、あなたのご両親にお目にかかれないわ。まったく、なにを考えていたの？」

「君はなにを着ても情熱的に見えるなって」カランはミスティのところへ行き、クローゼットの中を調べた。「ほら、これはランジェリーじゃないぞ」

ミスティはカランが手にしているスカートとトップスをじっくり眺めた。厳密には控えめではないが、それほどひどくもない。やっと膝に届く長さの、フリルのついた淡いピンクのスカートに、袖《そで》のかわりに、肩にゆったりしたひだ飾りをあしらった、襟元が深く開いた花模様のブラウスだ。

胸が開きすぎているけれど、安全ピンでとめればいいだろう。それに、ピンクとワインカラーと茶色の花模様がふくらんできたおなかをうまくカモフラージュしてくれそうだ。

「これにするわ」ミスティはハンガーに手を伸ばして、大きく息をついた。

「そのブラジャーとパンティにも合っている」カランが得意げに言った。「ほらね、僕の荷造りもまんざらじゃないな」

ミスティは喉の奥で肯定とも否定ともつかない音を出して、スカートをはき、ふくらんだおなかにフィットさせてファスナーを上げた。それからブラウスを頭からかぶり、鏡を見るためにバスルームへ急いだ。

信心深い人物というふうではないが、典型的な元ショーガールにも見えない。これでなんとかなりそうだ。

幸い、靴とアクセサリーも荷物に入れるよう、カランに頼んであった。そこで彼女はチョコレート色のミュールをはき、金のフープイヤリングをつけることにした。二つめのピアスの穴からめったにはずすことがないダイヤモンドのピアスの隣にイヤリングをとめていると、呼び鈴が鳴った。ミスティはびくっと体をふるわせた。またしても、みるみるうちに動揺が広がっていく。

「どうやら来たらしい」カランがバスルームに入ってきた。彼は励ますようにほほえんで、ミスティの頬にキスをした。「きれいだよ。深呼吸して気を楽にするんだ。支度ができたら、下りておいで。いいね？」

ミスティはごくりと喉を鳴らし、言われたとおりに深く息を吸った。カランの足音が階下へと向かううちに、二度目の呼び鈴が鳴った。

ミスティは胃が引っくり返りそうだったが、ほつれた髪を撫でつけ、仕上げに口紅をもう一塗りした。

大丈夫、やりとおせるわ。ミスティは自分に言い聞かせた。交互に足を前に出して下りていけばいいのよ……まっすぐにライオンの穴へと。

ミスティに心配しなくていいと言いはしたが、両親と彼女の顔合わせにはカランも緊張を覚えていた。ミスティの妊娠がわかったあと、病院から両親に電話をかけて、二人が祖父母になることを伝えた。ダニエルとアマンダはずっと前に離婚していたので、別々に電話をかけて、それぞれにミスティとの四年にわたる交際のことを打ち明けた。

カランの父親は十八歳のときに同じような状況に

陥り、カランの祖父であり、古くさく支配的な父親であるパトリック・エリオットに強制的に結婚させられた。だから、いろいろな意味で説教は免れないだろうとカランは思っていた。

もっと慎重にするべきだった。そもそもショーガールなどと関係を持つべきではなかった。しょせん、手管に長《た》けた金めあての女だ……。しかし、父親が言うだけ言ったら、次はカランが反論する番だ。

カランは父の口からそのたぐいのことや、それ以上のことを聞かされる覚悟でいた。しかし予想に反して、ダニエルはカランが陥った立場に同情と理解を示してくれた。父親はたった一つだけアドバイスをした。カランが正しいと思うことをするようにと。

言葉で説明はしなかったが、意味は明らかだ。カランには、子供ができたからという理由だけで無理に、あるいは罪悪感から結婚するという、自分が犯したのと同じ間違いを犯してほしくないのだ。

カランには、ミスティと結婚しても、父親はその決断を受け入れてくれるという感触があった。そして、仮に結婚せずに子供を遠くから見守ることにしても、それはそれでいいと思ってくれるはずだ。

母親への電話はだいぶようすが違った。しかし、根本的には同じだ。アマンダ・エリオットは、マンハッタンで高い弁護料をとる弁護士かもしれないが、おばあちゃんになると聞かされると、声をくぐもらせて涙にむせんだ。彼女はミスティの具合がよくなりしだい、ニューヨークに連れてくるようせがんだ。あるいは、それが不都合なら、自分がラスヴェガスへ会いに行くという。

結婚についてはまったく触れられなかった。なぜなら、カランは当然正しいことをするとアマンダが思っていたからかもしれないし、彼女にとってたいした問題ではなかったからかもしれない。彼女には生まれてくる孫だけが重要なのだ。

そして昨夜、タウンハウスに着いてミスティが荷物を整理している間に、カランは両親に電話をして、未来の義理の娘に会いに来るよう招いた。ミスティに二回も結婚を申し込んだことや断られたことは黙っていた。

カランは階段を一段飛ばしで下り、こぢんまりした玄関ホールを突っ切り、三度目の呼び鈴が鳴る前に勢いよくドアを開けた。呼び鈴の音が神経にさわりはじめていて、ミスティもきっと同じだと思った。

両親が凝った彫刻を施したドアの外側に立っていた。二人がいっしょのところはめったに目にしたことがなく、カランはあらためて風采《ふうさい》のいいカップルだと感心させられた。

何年も前に二人が離婚したことにあきらめはついているが、カランの中の幼い少年は、両親の仲がうまくいっていたらよかったのにといまだに願っている。そして、彼も兄のブライアンも、感情的な大混乱を味わわなくてすんだらよかったのにと。

自分の子供にはそんな思いをさせたくない。ミスティが結婚を承知したら、どんなことがあっても添い遂げるつもりだ。

「母さん、父さん、いらっしゃい」カランはうしろに下がって二人を招き入れた。

「ああ、カラン」母親が声を張りあげ、カランの首に腕をまわして強く抱きしめた。「よかったわね」体を離したアマンダの目に光るものがあった。「思いがけないことだったのでしょうけれど、あなたはいい父親になるわ」

「ありがとう、母さん」

アマンダは胸に手をあてて、カランが口をきかなかったかのように言葉を続けた。「そして、私もとうとうおばあちゃんになるのね」

カランが父親のほうに目をやる。「父さん」

ダニエルは手を差し出して握手すると、カランを引き寄せて父親らしいしぐさで励ますように背中をたたいた。

一瞬、カランも涙がこみあげそうになったが、咳《せき》ばらいをして感激がおさまると、ほっと胸を撫でおろした。

「それで、私たちの孫を宿した娘さんはどこにいるんだい？」父親の声にはとがめる色はなく、純粋な興味を示していた。

「階上《うえ》にいます。なにを着るか、ちょっと迷っているんですよ」

「その気持ちはわかるわ」アマンダはほほえんだ。

「ちょっと聞いてください」カランは二人のそばへ寄って、声を低めた。「ミスティは二人に会うのがとても不安なんです。だから、これ以上居心地悪くさせないようにしてほしいんです。前の仕事のことを詮索《せんさく》したり、よけいなことを言ったりしないでください」

母親の顔を傷ついた表情がよぎり、そのとたん、カランは後悔した。

「そんなこと夢にも思わないわ」

カランはつめていた息を吐いて、汗ばんだてのひらをチノパンの脚にこすりつけた。「わかっています。僕はただ……彼女に無理をさせて、また入院するようなことにさせたくないんです」

父親がカランの背中をたたき、からかうように、にやりとした。「心配ないよ。母さんも私も精いっぱい行儀よくするから」

ミスティが姿を見せるのを待つ間に、アマンダが言った。「いとこのスカーレットとジョン・ハーランのことは知っていて？」

カランは眉をひそめた。「いいえ。二人がどうかしましたか？」

「あの二人は婚約したよ」ダニエルが答えた。

「すばらしいじゃない？」

「そうですね」では、〈ユンヌ・ニュイ〉で会ったとき、二人のようすがおかしかったのはそういうわけだったのか。「二人に電話をして、おめでとうを言わなくちゃ」そして言うまでもなく、秘密にしていたことでジョンを責めてやらなくては。

カランがそれ以上なにか言う前に階段の上で音がして、彼は振り返った。ミスティが踊り場に立っている。彼女は美しく、カランの胸は誇らしさにふくらんだ。この女性と僕は結婚しようとしているのだ。僕の子供の母親。両親に紹介する気になった、ただ一人の女性。

その日の顔合わせがどのように運ぶか一抹の不安はあったが、どんな意味でも、ミスティに気まずい思いをさせられる心配はない。

両親もそうであってくれればいいが。

「ミスティ、スイートハート、下りてきて、僕の両親に会ってくれ」

ミスティの鼓動は速く、てのひらは汗ばんでいる。一瞬、めまいを覚え、すでに関節が白くなるほど強く握り締めているマホガニーの階段の手すりに、さらにしっかりとつかまった。

カランが〝スイートハート〟と呼んだことも助けにはならなかった。付き合ってきた四年の間に、彼がそんな呼び方をした覚えはない。それが今、両親の前で口にするとは。

ゆっくりと階段を下りながら、ミスティはカランの横に立っている元夫婦の二人に目にとめた。

息子よりほんのわずか背が低いダニエル・エリオットは、しゃれた紺のスーツに身を包んでいる。ジャケットのボタンをはずしていて、カジュアルな雰囲気だ。漆黒の髪とブルーの瞳は息子とそっくりで、カランの父親というほど年をとっているようには見えないが、明らかに血のつながりが見てとれる。彼は四十代後半と聞いているが、ゆうに五歳から十歳は若く見える。

アマンダ・エリオットは、顎までの栗《くり》色の髪に、やはり濃い茶色の瞳をしている。前夫と息子より数センチほど背が低く、スタイリッシュな赤いスカートとジャケットにめりはりのある体を包んでいる。

三人のエリオット家のメンバーは、ミスティが階段を下りてくるのを熱意とおののきをこめて見つめていた。

それも無理はないとミスティは思った。しかし、カランが励ますようにほほえんでいてくれなかったら、彼女はとっくに階段を駆け戻り、バスルームに鍵《かぎ》をかけて閉じこもってしまっただろう。

ミスティが下りてくると、カランが手をとって引き寄せた。彼女も心身ともに支えを求めて、喜んでそばへ行った。カランは彼女の手を握り、もう一方の手をウエストへまわし、ふくらんだおなかの上に置いた。

「母さん、父さん」カランが誇らしげに紹介する。「こちらがミスティ・ヴェイルです」

一瞬、張りつめた沈黙が流れた。そのあと、カランの母親が腕を広げて熱烈にミスティを抱きしめた。

「我が家族へようこそ」歌うように言う。「それから、ああ、見せてちょうだい!」

カランの母親が体をそらし、ミスティのおなかに両手をあてて、まるいふくらみを撫でた。ミスティはアマンダの熱心さに驚いて、身をこわばらせた。しかし、すぐに力を抜いた。彼女はカランの母親で……おなかの赤ちゃんのおばあちゃんなのだ。

「ミスティ」カランの父親が、大喜びの前妻の横から手を差し出した。「アマンダも言いましたが、うちの家族へようこそ」

二人のやさしさに、ミスティの胸はいっぱいになった。そしてつかの間、彼女はエリオット家の一員になったような気がした。カランの妊娠した愛人というより、ほんとうの婚約者になったような。

　ミスティはちゃんと声が出るように祈りながら、咳ばらいをした。「ありがとうございます。でも、私はほんとうには家族ではありませんわ。私はただの――」

　ミスティがうまい言葉を見つけられないうちに、ダニエルがさえぎった。「あなたは息子の子供を身ごもっている。つまり、エリオット家の次の世代をね。だから、あなたも家族ですよ」

　ミスティの目に涙がこみあげ、息ができなくなった。カランに目をやり、感謝のあまり、彼の両親の前で泣き崩れないようにぎゅっと彼の手を握った。

「キッチンへ行きましょう」カランが安心させるようにミスティの手を握り締める。「ミスティも僕も、朝食がまだなんです。よかったらいっしょにどうぞ。それとも、コーヒーにしますか」

7

　キッチンで話す間に、カランがオムレツを作った。ミスティはおなかはすいていないと言ったが、ほんとうのところは、まだひどく緊張していて食欲がなかった。だが、カランが食べるように強くすすめた。二人分食べているんだからね、と彼はとてもうれしそうに指摘して、かきまぜた卵にあるだけの新鮮な野菜を加えた。

　食べてみると、味はよかった。初めのうちはカランの気を悪くしないように無理に口に運んでいたが、そのうちに、実はとてもおなかがすいていたことに気づいて、彼女は喜んで食べた。

　こちらに来る前に朝食をすませていたダニエルと

アマンダは、オムレツは食べずにコーヒーを飲むことにした。

二人が離婚していることはミスティも知っていた。カランからそのことを聞いて、常に結婚生活がうまくいくとは限らないのだと思った。とはいえ、その朝の二人のようすを見たら、はたしてそうなのだろうかと疑いたくなる。

ダニエルはアマンダのためにカウンターの椅子を引き、それから自分も隣に座った。カランが湯気を立てている熱々のブラックコーヒーのカップを手渡すと、ダニエルは自然なしぐさで前妻のカップにクリームと砂糖を入れてやった。

アマンダも、それがあたりまえのように見守っている。

これは……。勘違いかもしれないので、カランにはなにも言うつもりはないが、二人の間にはふたたび燃えあがりそうな火花が残っているように、ミスティには思えた。

「おまえのために喜んでいないわけではないが」カランの父親が遠慮がちに言った。「おじい様があんな人だからね。おまえたちのことで、なにか一言言うに違いない。しかも、おそらくいいことではないな」

ミスティはエリオット家の三人が暗黙の了解のうちに視線を交わすのを目にとめながら、慎重に口を動かしていた。

「まあ、私の気持ちはわかっていると思うけれど」アマンダがセラミックのカップをきつく握って応じた。「おじい様なんてどうでもいいわ。人がどんな生き方をするかは、その人の問題で、ほかの人が口出しすべきものではないわ。パトリックがあんな横暴な人じゃなかったら、私の人生もずいぶん違ったものになっていたでしょうね」

言葉は辛辣《しんらつ》でも、アマンダの声に敵意はなかった。

彼女はただ事実を述べたうえで、息子に祖父の意見に左右されるなと言いたいだけのようだ。

　ミスティはどう考えていいかわからなかった。カランの両親に嘲笑《ちょうしょう》されると思っていたが、そうではなかった。ところが、カランの祖父がそうするだろうと言う。それを聞くと、カランが作ってくれたふんわり軽いオムレツも、胃の中で石のように重くなっていった。

「おじい様の考えまで指図はできないけれど」カランは両親に言った。口がへの字になりかけている。「機会を見つけて、おじい様の家に行って話してみますよ。直接話せば、たぶんおじい様も前向きに対処してくれるんじゃないかな」

　ダニエルはまじめくさった顔でうなずいた。アマンダはコーヒーをすすり、なにも言わなかった。

　ミスティはフォークを置き、皿をわきへやって、膝の上で手を組み合わせた。急激に食欲はうせていた。目の前の状況はとても居心地が悪かった。三人とも、ミスティがそこにいないかのように語り合っている。

　ミスティが思いもよらず妊娠して、エリオット一族全体に衝撃を与えたことはわかるが、誰の間であれ、論争の種にはなりたくない。とりわけ、カランと父親、もしくは祖父との関係を悪くさせるのだけは避けたい。

「そんなことはしなくていいのよ」ミスティがカランに言った。「私はあなたのご家族の争いの種にはなりたくないの。簡単にヘンダーソンに帰れるし――」

「だめだ」カランがすぐにぴしゃりと言う。「君はここにいるんだ。それに、君は争いの種なんかじゃない……僕の子供を宿しているんだ。おじい様が受け入れようが受け入れまいがね。それはおじい様しだいだ。でも、僕らには関係ないよ」

「カラン……」ミスティがもう一度口を開こうとする。

「ミスティ……」カランはすばやく激しいキスをした。「黙って。もう言いっこなしだよ」

ミスティはなんと答えていいかわからなかった。少なくとも、カランの両親の前で意見を闘わせることはしなかった。

ダニエルが腕時計に目をやり、咳《せき》ばらいをして、気まずい沈黙を破って席を立った。「そろそろ行かなくては。『スナップ』誌はひとりでに動いてはくれないのでね。でも、おまえが二、三日休むのはかまわないよ」彼はじっと息子を見て言い添えた。

「あら、大変。もうこんな時間だわ」アマンダも勢いよく立ちあがり、あつらえのジャケットの裾《すそ》を引っ張った。「私も行かなくては。クライアントと面会しなくてはならないの。ミスティ、会えてうれしかったわ。あなたがこちらにいる間に、もっとゆっくり会えるのを楽しみにしているわ」彼女は角をまわって息子の頬にキスをし、それからミスティを息がとまるほどぎゅっと抱きしめた。「二人とも、今日は楽しく過ごしてね。それから、私の孫を大事にしてね」

アマンダのマニキュアを施した指でふたたびおなかを撫《な》でられると、ミスティはびくっと体をふるわせたが、やっとのことでうなずいた。実のところ、無条件にアマンダが受け入れてくれたことに感極まって、言葉が出てこなかった。

アマンダは先に立って、ダニエルとともにキッチンを出ていった。

「玄関まで送ります」カランは両親のあとに続く前に、気もそぞろにミスティの腕に手をすべらせた。「君はここにいて、オムレツを食べてしまうといい」

ミスティが座っているところから、三人のようすがよく見えた。アマンダがバッグをとろうとして足をとめると、ダニエルが彼女の肩に手を置いた。二人の間にはたしかになにかある。ミスティは確信した。それはある意味で彼女に希望を与えた。

ダニエルとアマンダは予期しない妊娠のせいで無理に結婚させられた。それでも、これだけ長い月日がたっても、たがいに思いやりを持てるなら、私とカランもそうなれるかもしれない。

もしカランとの結婚を承知したら、悲惨な結果になるのだろうか？　それとも、ついにはたがいに愛するようになるのだろうか？

カランは開いたドアの内側で母親に手を振った。父親はしばらく玄関ポーチのところに残っていた。アマンダの姿が見えなくなると、ダニエルはすぐにカランのほうを向いた。

「もしおじい様と話すなら、彼がなんと言ったか、知らせてくれ。頑固で、ときに時代遅れな意見に振りまわされないのは賛成だが、おじい様が、おまえにとっても、ミスティにとっても、事をむずかしくしてしまうこともある。そのことを覚悟しておいてほしい」

父親の目が陰るのを見れば、いかに過去のある時期のことを悔やんでいるか、どんな言葉を聞くよりはっきり伝わってくる。カランは同じ過ちを犯したくなかった。しかし、これまでのところ、どうやら父親の足跡をそのままそっくりたどっているようだ。

「ありがとう、父さん。僕が元ショーガールを妊娠させたと聞けば、おじい様は決して喜ばないのはわかっているけれど、うまくいけば、いずれわかってくれると思うんです」

「そうだな。うまくいけば、いずれはね」ダニエルは口元をきゅっとひねって同意した。「なあ、カラン。これは私が口出しする問題ではないが、彼女のために正しい行動をすることを考えたか？　つまり、結婚という意味だが」

「プロポーズはしましたよ。でも、断られた」

カランの父親は目をまるくした。だが、さすがによけいなことは言わず、口をつぐんでいた。

「心配しないで。今説得中なんです。そう長くかからずに気持ちを変えさせてみせますから」

ひと呼吸おいて、ダニエルがうなずいた。「きっとうまくいくよ」

しばらく間があいたが、ダニエルはまだ玄関の外に立っていた。カランと目を合わせようとせず、かといって、立ち去ろうともしない。彼は咳ばらいをして言った。

「おまえに話そうと思っていたことがあるんだ。シャロンとやっと別れたよ」

ダニエルの顔に緊張が走ったが、言うべきことを言うと、それは消えていった。ダニエルと二度目の妻の離婚は、あらゆることをして、とれるだけのものをとろうとしていたシャロンのおかげで、ぐずぐずと長引いていた。

カランは父親の腕に手を置いて、味方するようにきゅっと力をこめた。「よかったですね、父さん」

ダニエルがうなずき、二人はさよならを言って、カランはキッチンに戻った。ミスティはオムレツをさっきのまま残していたが、彼がついでやったミルクは飲んでいた。

いいぞ。ミスティがビタミン剤をのんでいるのは知っていたが、カランとしては、彼の家にいる間、ちゃんと食事をさせるつもりだった。

「それで……父と母をどう思った？」カランはミスティがスツールから下りるのに手を貸しながらきいた。彼女のあらわな腕とふくらんだおなかが彼の腹部にあたる感触を楽しんで、必要以上に長く手を離さずにいた。

「お二人とも、とてもすてきね。ほんとうにすばらしいわ」ミスティは考え深げに唇を噛《か》んだ。「こんなに快く私と今の状況を受け入れてくださるとは思っていなかった」

「僕が言ったとおりだろう。母はおばあちゃんになると知って、舞いあがっているんだ」カランはにやりとした。「もし気づいていないのなら、念のため言っておくけど」

ミスティがくすくす笑って、カランの首を抱いた。

「ええ、そのようね。あんなに長く私のおなかに触っていた人は初めてよ」

「おや、そうかい?」カランは二人の間に手をすべらせてミスティのおなかに手をあてた。

「あら、もちろん、あなたは別よ。一晩中、私のおなかから手を離しそうにないもの。たとえ眠っていてもね」

「慣れてもらわないとね。いっしょにいられなかった分を取り戻しているんだ。それに、できるだけ君の魅力的なおなかの大きい体を撫でていようと決めたんだ」

カランはミスティのウエストから腰のうしろへ、それからヒップへと手をすべらせた。彼女は頭をのけぞらせて、うめくように喉を鳴らした。浮き出た脈を彼の唇がおおう。

「それで君は」カランは彼女の温かい肌につぶやいた。「結婚する気になったかい?」

一瞬、ミスティの体がこわばったが、すぐに力が抜けた。

「まだよ」彼女は答えて、カランに顔を向け、ゆっくりとものうげにキスをした。

たぶん彼女はその気になってきている。ミスティの指がカランの腕をすべり、舌が狂おしく動きはじめるのを感じながら、彼は思った。

なぜなら〝まだよ〟というのは、必ずしも〝ノー〟という意味ではないからだ。

二人はそのままキッチンで体を重ねた。カランはまるで壊れ物のようにミスティを扱った。

衣服を整えると、カランはニューヨークを案内すると言った。どちらにしろ、彼はその日休みをとっていたし、ミスティもニューヨークは初めてだった。

ミスティにあまり無理させないよう、タクシーでセントラルパークへ向かった。天気のいい五月の昼下がり、二人は手をつないで、木々や噴水や、子供たちが遊ぶのを心楽しく眺めながら過ごした。

カランはミスティに自由の女神像やエンパイヤステートビル、ラジオシティ・ミュージックホールなどを見せ、それからパーク・アベニューにあるEPHをゆっくり見学させた。

建物のロビーは二階までの吹き抜けになっている。高い窓があり、床は花崗岩《かこうがん》で、おびただしい数の木や植物があり、温室と見まごうばかりだ。

カランは花崗岩造りの広い警備室でミスティを確認させ、来客用の通行証を与えた。おそらく必要ないかもしれないが、万が一はぐれたとき、彼女が見とがめられないようにと彼は説明した。

エレベーターホールで、カランが自分の身分証を読みこませると、二人は上の階へと向かった。

ビル全体への郵便と荷物の扱いは三階で行われている。カフェテリアは四階にあり、五階にはジムがある。カランはそこでウエイトやマシンを使って、たっぷりとトレーニングに励んでいる。ミスティは肌を合わせるたびに、その成果を指に感じていた。

二人はさまざまなミーティングルームや重役会議室、そして雑誌のオフィスがある六階から十八階、それから、二十階から二十四階の見学は省き、まっすぐ十九階の『スナップ』誌のオフィスへ向かった。

エレベーターが音もなく二人を上の階へと運ぶ間、カランはどの雑誌が何階にあるか、それぞれの雑誌の内容をいつになく熱心に説明した。ミスティは言うまでもなく、ＥＰＨをよく知っていた。二人の関係が始まってまもなく、彼には知らせずに、会社のことを可能な限り集中的に調べたのだ。しかし、今のカランは意欲的にミスティと細かい点を分かち合おうとしているようだ。

十五階は住宅のスタイル誌『ホームスタイル』が占めており、十七階はファッション誌『カリスマ』のオフィスがある。そして『スナップ』誌は、十八階にあるショービジネス誌の『バズ』と二十階のニュース誌『パルス』にはさまれている。

そこまで聞いて、ミスティは頭がくらくらしそうだったが、熱心に耳を傾け、ちょうどいいところでうなずいた。なぜなら、カランの仕事とエリオット一族の事業に芯《しん》から魅力を感じたからだ。

エレベーターのドアが開き、カランがミスティを外へ連れ出す。彼と手をつないだまま、彼女は足をとめて、目を凝らした。

「ああ、カラン。なんてきれいなんでしょう」

カランはうれしそうにミスティに目をやった。

「僕たちみんなのお気にいりなんだよ」

十九階はすべて黒と白で装飾されていて、昔のハリウッドが声なき叫びをあげている。小さな額に入れられたマリリン・モンローとジェームズ・キャグニーの写真がいくつも壁に掲げられ、もっと大判の、よく知られた『スナップ』誌の表紙もいくつか飾られている。

それらを見て、ミスティは古い白黒のギャング映画と、しゃがれた声をした男優や、現代の女性には夢となったくびれたウエストの女優たち――彼女にはそれが当時のハリウッドの特徴に思えた――を思い浮かべた。

カランと関係を持ってからの数年、彼は仕事場のようすをところどころ話してくれたが、こんなふうだとは想像していなかった。自分の目で見た今は、ここ以外の場所にいる彼を思い描けない。ここは彼に似合っていた。

　カランはフロアの受付の奥にあるガラスドアを入る前に、『スナップ』誌の小柄な黒髪の受付嬢にミスティを紹介した。話し声や電話の音、仕事場のざわめきがあたりに満ちる中を、二人はいくつもの仕切りを通り過ぎてカランのオフィスへと進んでいった。

　ミスティはそこで働くカランの仕事仲間であるEPHの従業員たちに心を動かされた。たくさんの人がカランに手を振って笑顔で挨拶《あいさつ》し、ミスティを彼の親しい友人として思いもよらないほど快く受け入れてくれているように感じられた。

　彼らがミスティをカランの単なる友人と見ているか、もっとなにかあると見なしているかはよくわからない。彼らは尋ねないし、カランも口にしない。しかし、どちらにしても、彼らは温かくて愛想がよく、ミスティはとても歓迎されていると感じた。

　カランのオフィスまで来ると、彼は〝営業部長カラン・エリオット〟と銘のあるドアを開けて、ミスティを中に招き入れた。

「とてもすてきね」オフィスの時代がかった内装は、フロアのほかの部分とマッチしている。

「ありがとう」カランはミスティの手を放し、デスクの向こうへまわった。「ちょっといくつか確認させてくれ。それから次へ行こう」

「ごゆっくり」

　ミスティは額に入れて壁に飾ってあるいくつかの『スナップ』誌の表紙や、カランのビジネスの学位証明書や、プライベートな写真などに目を凝らしながら部屋の中を見てまわった。

　デスクの近くで、ミスティはふと、留守番電話をチェックしてメモをとっているカランをちらりとのぞいた。気がつくと、カランは手をとめて、まっすぐに彼女を見つめている。

「ごめんなさい」ミスティは赤面し、ふたたび写真を見てまわろうとして、うしろへ下がった。

「なにをばかなことを」カランはミスティの手をつかんで膝の上に引き寄せた。「君はなんてきれいなんだろうと思っていたんだよ。そして、もう仕事に来なくてよくて、一日中、家にいて、君を女神みたいに崇《あが》めていられたらどんなにいいだろうってね」

「カランったら……」ミスティは甲高く笑ってカランの胸をたたいた。

「どうかした？」カランは自分でもくすくす笑った。「僕にはそんなことはできないと思っているんだね？」

「いいえ、あなたはきっとするわ。でも――」

「キスして」

「えっ？」

「キスしてくれ。この暗くて陰気なオフィスに閉じこめられて、身を粉にして働いているときに、すてきな夢を見るためにね」

ミスティには、白にまじって黒が多用されていても、カランのオフィスは少しも陰気には思えなかった。彼女は身をかがめて口づけをした。彼の温かい唇や背中に置かれた彼の手に喜びを感じながら。

「とんとん」

思いがけず女性の声がして、ミスティは急いでカランの腕を逃れて立ちあがった。そして、まだ手をドアノブにかけたまま、ドアのすぐ内側に立っている、背の高い、金髪の魅力的な女性に目をやった。

「やあ、ブリジット」カランは挨拶したが、じゃまをされて、声は不機嫌どころではなかった。

「ごめんなさい。じゃまするつもりはなかったのよ。でも、お二人が社内にいると聞いて、ぜひミスティにお会いしたいと思ったの」

女性はミスティのほうに歩いてきて、手を差し出した。ミスティはその手を握り、相手が元気よく握手するのにまかせた。

「ミスティ、いとこのブリジットだ。十七階の『カリスマ』誌で写真の編集をしている。ブリジット、こちらがミスティ・ヴェイルだよ」

「お会いできてうれしいですわ」ミスティは反射的に言った。

「私もほんとうにうれしいわ」ブリジットが答え、二、三歩進んで、カランのデスクの前にある来客用の椅子にどさりと腰を下ろした。

彼女は黒いスカートに黒いハイヒールをはいている。透ける生地のブルーのブラウスは中世風の袖《そで》で、深い襟ぐりから胸の谷間がはっきり見てとれる。彼女は服のセンスがいい。それはたしかだ。ミスティはたちまち、このカランのいとこを好きになりはじめていた。ブラウスをどこで買ったか、彼女にきいてみようとも思った。

「ミスティ、あなたは今、エリオット家ではいちばんホットな話題なのよ。おじい様はかんかんなの。〝私の孫は誰もストリッパーとは結婚しない〟ってね」ブリジットは低い無愛想な声をまねると、顔をしかめて天を仰いだ。「まったくあきれるわ。私に言わせれば、エリオット家の古くさい系図に新しい血を入れたほうがいいのよ。そして、ラスヴェガスのショーガールほど新鮮な血ってあるかしら」にやりとして付け加えた。

ミスティは顔から血の気が引くのを感じ、よろめかないようにデスクのほうに手を伸ばした。

「ブリジ……」ミスティの苦痛を察したらしく、カランが警告するようにつぶやいた。

「おじい様はともかく、ダニエルおじ様とアマンダおば様は大喜びよ。お二人ともカランが結婚して孫が生まれると知って、とても興奮しているわ。まるで天にものぼるみたいにね。おば様がすでに結婚式の計画を立てているとしても、ちっとも驚かないわ」

「ブリジ……」

「あなたたちがどんなふうに出会って、お付き合いをするようになったか、話してくれなくちゃだめよ。私はまだ実際のいきさつを知らないんだもの。聞いたのは断片的なことばかり。それに、大部分はあてずっぽうじゃないかしら。だから、いちばんたしかなところから話を聞かなくちゃ――」

「ブリジット！」

ブリジットはブルーの目をしばたたいて、口を開けた。「なに？」

「黙れよ」

8

ブリジットはもう一度目をしばたたいた。ショックを受けたところを見ると、カランにどなられた意味がまるでわかっていないらしい。カランはいとこのどぎついおしゃべりで不快になった気分を振りはらおうと、深く息を吸って、くいしばっていた顎をゆるめた。

「叱《しか》るつもりはなかったんだ。でも、君の話にミスティはいたたまれないと思ったから」

ブリジットはミスティにちらりと視線を向けた。意味がのみこめると、目をみはった。そして椅子から勢いよく立ちあがってミスティに駆け寄り、許しを乞《こ》うように抱きしめた。「ああ、どうしましょう。

ほんとうにごめんなさい。私ったら気がつかなくて」彼女はミスティを引っ張っていって自分の隣の椅子に座らせた。「あなたを傷つけたり、不愉快な思いをさせたりするつもりはなかったのよ。あなたが家族の一員になるのがうれしかっただけなのに、口が勝手に動いてしまって」

「いつものようにね」カランはつぶやき、にやりとして、いとこにウインクした。ブリジットがにらみ返す。

「気にしなくていいのよ」ミスティはおなかを撫《な》でて、指の関節が白くなるほど椅子の肘掛けを握り締めた。

「いいえ、よくないわ。こんなふうに無理に押しかけてはいけなかったのよ。あなたがこちらに来て、まだ一日しかたっていないんだもの。たぶん、荷物もまだ解いていないでしょう。そこへ私が来て、あなたのこれからのことをあからさまに口にしたりして」ブリジットは頭を振って、肩まである髪をゆらし、ミスティの手を握った。「許してね。あなたとお友達になれるといいわ。私のことをでしゃばりで詮索《せんさく》好きだと思わないでね」

ブリジットとミスティは目を見交わした。たちまちミスティは笑顔になった。ブリジットも顔をほころばせる。一瞬とまっていたカランの鼓動がふたたび規則正しく動きだし、彼は静かに安堵《あんど》のため息をついた。

ミスティといとこが友達になってくれればいい。ミスティを手放しで歓迎して、すぐに家族のように接するエリオット家のメンバーが多いほど、結婚を承知させて……こちらにいる気にさせるのに好都合だ。

「近いうちに電話をするから、いっしょにランチに行きましょうよ。ちょっとお買い物をしたりしてね?」

ミスティはうれしそうに口元をほころばせた。

「いいわね」

「決まりね。私はそろそろ仕事に戻らなくちゃ」ブリジットはミスティの膝を軽くたたいて立ちあがった。「それじゃあ、続きを楽しんでね」

ブリジットはからかうような笑みをカランに向け、指を小さく動かして別れを告げた。ドアが閉まると、カランは思わずにやりとした。

「忘れていると困るので念のため」カランがなにくわぬ顔で言う。「あれがいとこのブリジットだよ」

ミスティは息もできないほど笑った。「あら、そうだったの。彼女はとても……」

「そう、そのとおり。でも、すてきな子だよ。もしランチかショッピングに誘われたら、いっしょに出かけるといい。きっと仲よくなれると思うよ」

カランは革張りの回転椅子をうしろに引いて立ちあがり、ミスティの前に来て、手をとった。彼女も喜んで両手を差し出す。カランは彼女を立たせ、しなやかな体をぴったりと引き寄せた。そしてそのまま、デスクの端に背中をもたせかけた。

「ところで、どこまで進んでいたかな？」カランはミスティのエメラルドグリーンの瞳の奥をのぞきこんだ。

「あなたは留守番電話をチェックしていたのよ」ミスティはわざとらしいくらい無邪気に言った。

カランがにやりとする。「僕の記憶とは違うな。君は僕の膝にのっていて、僕はいちゃいちゃするよう誘ってみようかどうしようか迷っていたんだ」

「まあ、ミスター・エリオット」ミスティが怒ったふりをする。「性的《セクシャル》いやがらせ《ハラスメント》に聞こえるわよ」

「君がここで働いていたらそうなるけど、働いていないからね。それに、もし君がいやがっているなら、たしかにそうなるが」

ミスティはそのとおりというように満足そうに喉

を鳴らして、カランのうなじの髪をもてあそんだ。欲望のふるえがドミノのように彼の背筋を這《は》いおりる。

さらなる快感を求めてカランがキスしようと身をかがめたちょうどそのとき、電話が鳴った。

「くそっ……」カランは地獄へ送ってやりたいと思いながら、じゃまものをにらみつけた。

「出ないの？」

カランは体を起こし、ミスティに衝撃がないようにそっと床に下ろした。「いや、出ない。ボイスメールにつながるよ。チェックするのは明日にする」

彼はミスティの手をとり、デスクの上をざっと整えてドアのほうへうながした。「ほかになにか、あるいは誰かにじゃまをされないうちに、ここを出よう」

アッパーウエストサイドのタウンハウスまでの道すがら、カランはタクシーのドライバーに遠まわりしてブロードウェイを走るよう頼んだ。煌々《こうこう》と明かりのついた数々の劇場を見て、ミスティは〝まあ〟とか〝ああ〟とか感嘆の声をあげるだろう。

ミスティはブロードウェイの芝居をまだ見たことがなかったので、いつでも好きなときに見たいものに連れていくとカランは約束した。言うまでもなく、選ぶのがたいへんなほどたくさんの芝居が上演されていて、一つか二つ見るにしても、彼女はマンハッタンのカランのもとにとどまらなくてはならない。こんなふうにしていてどうなるのか、ミスティにはまったく見当がつかなかった。

二人は午後遅くに家に着いた。ベッドルームに入ると、ミスティはオフィスでの続きを心待ちにしたが、カランは彼女に横になって休むようすすめた。彼女はあまりに楽しくて眠りたくなかったが、もし言うことを聞くなら、ちゃんとディナーに――カランの兄のレストラン〈ユンヌ・ニュイ〉へ連れていくとカランは約束した。

そう言われては断れない。そして枕《まくら》に頭をつけたとたん、やはりとても疲れていたことがわかった。なぜなら、ミスティはすぐに眠りに落ちたからだ。

数時間して目を覚ますと、カランがベッドの端に腰かけて、ほほえみながらミスティを見おろしていた。彼女は初めは驚いたが、体を起こしてヘッドボードに寄りかかった。

「いつから見ていたの？」

「ほんの数分だよ」

ミスティは指で髪をといた。きっとぼさぼさに違いない。それから口と両目の端をこする。「よだれをたらしていた？」ぜひ確かめておかなくては。

カランがくすくす笑う。「いや。眠っている君は美しくて……気品が漂っていた」

「ありがたいわ。もうディナーに出かける時間かしら？」

「君の支度ができしだい、いつでも出かけられるよ。ブライアンの店には家族用の席があるから、急ぐ必要はないんだ」

カランは普段着からもっときちんとした黒いスラックスとジャケットに着替えていた。ジャケットの下は白いシャツだ。幸いミスティも、カランの兄の高級レストランでのディナーにふさわしい、黒いニットのワンピースを持ってきていた。

「着替えるわ」ミスティは上掛けをはねのけて、キングサイズのベッドから抜け出した。

ミスティが支度をする間、カランは部屋の外に出るものと思っていたが、彼はそこにいて、彼女の一挙手一投足を見守っている。四年間付き合って、半裸や全裸で彼の前を歩きまわっていなかったら、そんなふうに見られるのを、おそらく気恥ずかしく感じたかもしれない。

今のように、スカートとブラウスを脱いで、黒いストッキングをはき、さまざまな場面に合う黒いワンピースを着ながら、カランの焼けるような視線を感じていなければ、彼の存在を少しも意識しなかったはずだ。ありがたいことに、ドレスは伸縮性があって、ふくらんだ腹部を無理なくおおい、手直しやカモフラージュをしなくても、見苦しく見えなかった。

　十分ほどすると、ミスティは出かける用意ができた。二人は手をつないで、二ブロックばかり先の〈ユンヌ・ニュイ〉までゆっくりと歩いていった。

　レストランはにぎわっていた。着飾った人々が料理を前にほほえみ、笑い声をあげ、スタッフたちが注文をきき、料理を運び、テーブルの間をせわしく動きまわっている。

　ミスティは店の雰囲気とにぎわいにたちまち心を動かされた。黒いスエードの長椅子と肘掛け椅子が銅製の天板のテーブルを囲み、暗めの赤い明かりが店全体を照らしている。ミスティはきらびやかな明るさにはなじんでいたが、〈ユンヌ・ニュイ〉には、今風でいてロマンチックなものの粋を集めた雰囲気があった。

　支配人はカランとミスティに目をとめると、すぐにメインフロアを抜けて、二人をエリオット家専用のプライベート席へ案内した。ここはエリオット家の人々がいつ立ち寄ってもいいように空けてある。カランはミスティにテーブルの奥に座るよううながし、そのあとから自分も席にすべりこんだ。二人の腿が触れ合う。

　ミスティはまわりに気をとられて、料理のことを考えられないくらいだったが、カランは体を寄せて、さまざまな食前酒と料理の説明をした。彼が食べたことがあるもの、好きなもの、それからレストランの特製料理などだ。ミスティにはどれもがすばらしく聞こえた。

注文をすませると、カランはさらにぐっと身を寄せて、腕をミスティの肩にまわした。

「ここの感想は？」彼はメインフロアのほうへひょいと頭をかしげた。

「お料理がお店の雰囲気の半分もよかったら、あなたのお兄様は天才ね。ここはすばらしいわ」

「やあ、おまえもとうとう気のきいた女性に落ち着いたな」

いきなり口をはさまれて、ミスティはびっくりしたが、カランはただにやりとして、席のうしろに立っている男性を見あげた。

では、この人がブライアンね。男性がテーブルをまわって二人の向かい側の席に腰を下ろすと、ミスティは思った。彼は背が高く、弟と父親と同じ黒い髪とブルーの瞳をしている。とてもよく似た親子で、彼らがエリオット家の人間だと知らない人が見ても、三人の血のつながりをたちまち見て取るだろう。

「ミスティ」カランが兄のほうに手を振って言った。「兄のブライアンだ。このすてきな店のオーナーで、一言で言うと、困ったやつだ」

「おかしいな。子供のころは、僕がおまえのことをそう言っていたのに」

二人は、一つのおもちゃにじゃれている二匹の子犬のようで、ミスティは思わずほほえんだ。

ブライアンは、テーブルの真ん中の、水の入った浅いボウルに浮いている、異国風の美しい黄色い花の形をしたキャンドルごしに手を差し出した。

ミスティが手を伸ばし、ブライアンはすばやく握手した。

「お会いできてうれしいですよ、ミスティ。カランは大事にしてくれますか？」

「ちゃんと大事にしているよ」カランがミスティにかわって答える。「誰かさんと違って、女性の扱いは心得ているからね」

「だまされてはだめだよ」ブライアンがおもしろそうにミスティにウインクする。「彼が知っていることは、全部僕から学んだんだから」

カランがばかにしたように笑い、ミスティはただにっこりした。

「それで、このごろのようすは？」ブライアンは真顔になって、きいた。視線は主にミスティに注がれている。「エリオット家の連中は温かく親しく迎えてくれましたか？」

ミスティはふいに神経をとがらせて、飲み物のグラスの縁を指でなぞった。カランの家族のことや歓迎されることが話題に出るたびに、そうなる。

「ええ。皆さん、とても親切ですわ」

「おじい様も？」こうきいたときは、ブライアンの目はまっすぐカランに向けられた。

「そのうちにわかってくれるよ」カランはあっさり答えた。

ブライアンは遠くのほうに注意をそらした。「すまない。向こうで呼んでいるので、腰を落ち着けてもいられない。店主の仕事はきりがないね。ミスティ、会えて、ほんとうによかった。あなたが義理の妹になるのを心待ちにしているよ」彼はほほえんで、もう一度手を差し出した。「食事を楽しんでほしい。なんでも好きなものを頼んでいいよ。店のおごりだ」

「その必要はないよ」カランが言う。

「いいんだ。僕からの婚約のお祝いだ」

最後に大きく手を振って、ブライアンは店内のにぎわいの中に消えていった。

「婚約ですって？」ミスティがブライアンの言葉を繰り返し、おもしろそうに眉を上げてアルコール抜きのカクテルをすすった。

カランが咳《せき》ばらいをする。「店に寄ると電話したときに、そんなことを言ったかもしれないな」

「でも、私たち、婚約していないわ」

「僕がプロポーズしたときに、君が一度でもイエスと言えばいいんだよ」

ミスティは笑みがもれそうになるのをこらえた。カランは欲しくて欲しくてたまらないものをミスティがくれないと言ってすねる駄々っ子みたいだ。そんな態度は彼女をうれしがらせ、ぬくもりとなって、カランしか触れることのできない心の深みに下りていった。

それでも、ミスティはカランとの結婚を冗談めかして扱いたくはなかったし、本心ではどんなに望んでいるとしても、いつか結婚を承知すると信じさせることもしたくなかった。

「ごめんなさい、カラン」ミスティはほかに言葉が見つからなかった。

カランはしばらくきびしい顔をしていたが、やがてその瞳は暗く荒々しい青から夏の空の色に変わった。

「あやまらなくていいよ。僕は本気で君を落とすつもりだから。それはそうと、君をここへ連れてきたのは、またプロポーズするためでも、ノーと言わせて、君をうしろめたくさせるためでもない。ディナーのためだ。それから、家族のもう一つ別の面で感心させて、結婚したら、どんなものが待っているか、それとなく知らせておこうと思ったんだ。どう？　それなりに感心したかい？」

きゅっと口元をひねったカランの魅力には逆らいがたい。ミスティは身を乗り出して彼の頬にキスをした。

「とても感心したわ」ミスティがそっと言う。「ありがとう」

料理が運ばれてくると、二人は食べて、飲んで、戯れて、一時間ほど過ごした。カランが自分の皿の料理をフォークでミスティに食べさせると、彼女もお返しに同じように食べさせた。なにもかもが熱をおびてきて、部屋が燃えあがるのではないかと思うほどだった。

食べ物を噛《か》むカランの唇の動きに、ミスティの肌はうずいた。触れ合っている腿の感触に、体中が熱くなる。彼の目から、ミスティと同じように気持ちがつのっているのがわかる。

「さあ、帰ろう」最後のデザートを食べおえると、カランはミスティの手をつかんで椅子からすべり出た。

「支払いは？」

「そんな気はなかったが、ブライアンの言葉に甘えてみてもいいかな」

カランが店の真ん中で立ちどまり、ミスティは危うく彼の背中にぶつかりそうになった。彼はくるりと振り返り、食料も水もなしに砂漠に取り残された男が突然幻のオアシスを見つけたかのように、ミスティを引き寄せてキスをした。

ミスティも応じる。カランの兄の、たくさんの客でにぎわう人気レストランの真ん中にいることも忘れていた。やっとカランが唇を離したときは、店中の客が二人を見つめていた。しかし、ミスティは少しも気にならなかった。

「ブライアンにはあとでなにかお返しをするよ」カランはかすれた声でミスティの耳にささやいた。「今は家に帰って、君の服を脱がせて一晩中抱いていたいだけだ」

ミスティにはうれしい言葉だった。鼓動が耳に響き、脚はグレープゼリーのようにぐにゃぐにゃに感じられる。彼女はうなずき、熱い思いでいっぱいの頭でやっと答えた。「わかったわ」

9

カランは気が進まなかったが、翌朝は仕事に戻らなくてはならなかった。幸い、午前六時少し前にぱっちりと目が覚めた。目覚まし時計が鳴る前なので、ミスティを起こさずにすんだ。胸の上に置かれた彼女の腕を持ちあげると、そっとベッドを抜け出して身支度にかかった。

心のどこか深いところで、毎朝仕事へ行く支度をする間、ミスティがベッドの中にいてくれればいいと思っていた。ベッドに逆戻りしたら、彼女は喜んで迎えてくれ、自分は病欠の電話をすることになりそうだと思いながら、彼女の寝顔を眺めるのはいいものだ。うめき声を抑え、カランはネクタイをきゅっと締めた。そして自分の欲望に〝おとなしくしろ〟と命じ、なまめかしいミスティの寝姿にもの欲しげな一《いち》瞥《べつ》を投げると、無理やり部屋を出ていった。

その朝はゆっくりと過ぎ、目の前の仕事にほとんど集中できなかった。腕時計をのぞくと、そろそろミスティが起きだすころだ。

カランは受話器を取りあげ、自宅の番号を押した。数回鳴らすと、留守番電話に切り替わった。

くそっ。ミスティはきっと僕の自宅の電話に出たくないのだろう。なぜなら、彼女にかけてくる人間はいないと知っているから。というより、そう推測したのだろう。

受話器を置いて、またすぐにかけ直す。こうしてかけつづければいい、とカランは思った。もしどうしても彼女が応答しないようなら、ようすを見に行ってもいい。

「もしもし？」

ミスティがためらいがちに、緊張した声で電話に出た。

「おはよう、セクシーさん」

「おはよう」ミスティはまだ声を低めていたが、最初よりずっとしっかりして聞こえる。「電話に出ていいのかどうかわからなくて。でも、ずっと鳴りつづけたから、大事な電話かもしれないと思ったの」

「覚えておいてくれ。僕の電話に出ていいんだよ。ブリジットから外出の誘いがあるかもしれないし。別の人だったら、伝言を聞いておいてくれればいい」その言葉をミスティが受け入れる間をとって、カランは言い添えた。「大事なことを伝えないと。君がいなくて寂しいよ」

ミスティが答えるまでにいくらか間があった。

「私も寂しいわ。あなたがいないと、ここは広すぎて、ひっそりしているんですもの」

なんてことだ。カランはがらんとしたタウンハウスに一人でいるミスティを思い、つらい気持ちになった。彼女は一人ぼっちで家にいて、僕を恋しがり、そばにいてほしいと願っている。つらさは痛みとなって、ずきずきと脈打った。

「今から家に帰るよ」カランはつのる思いでふさがりそうな喉から声を絞り出した。

ミスティは笑い声をたてた。鈴をころがすような声が受話器から聞こえてくる。「だめよ。仕事があるでしょう」

「あとでもできるよ」けれども、ミスティを抱くことをあとまわしにできるとは思えない。

「ばかなこと言わないで。あなたは休みをとって、たっぷり相手をしてくれたわ。それに、家に帰ってくれば、私がいるのよ」

ミスティが彼の住まいを〝家〟と言ったことと、彼が帰ったときに彼女がいると言ったことのどちらにより温かい気持ちになったか、カランにはわからなかった。心のどこかでは、ミスティがいつでも荷物をまとめてネヴァダに帰れると知っている。ある日、家に帰ったら、彼女がいないということもありうるのだ。

「あなたがいない間に、家の中を歩きまわって、棚や引き出しをのぞいてみるわ。見られて困るものは隠していない？」

カランはにやりとした。「スイートハート、君に対して、僕は開いた本も同然だよ」

「ふうん。おもしろい考えね」

「さて、家に帰って君とすばらしい時を過ごせないなら、しかたがないので仕事に戻ることにするよ」

「わかったわ。それじゃあ、夜にね」

「遅くなるときは電話するよ」

「ええ」

「ねえ、ミスティ」ミスティが受話器を置く前に、カランは言った。

「なあに？」

「結婚してくれるかい？」

ふいにパニックに襲われ、ミスティが目をみはり、首筋の脈が速くなっているようすがカランの目に見えるようだった。

「今日はやめておくわ」ミスティがやっと答える。「でも、申し込んでくれてありがとう」

断られたのはこれで五度目か六度目だが、カランは口元をほころばせた。「それじゃあ、明日も申し込んでみないと」

翌日も、そのあとも毎日、カランはただミスティの声を聞きたさに一日に何度も電話をかけた。そして電話のたびに、彼は必ず同じ質問をした。「結婚してくれるかい？」

いつ尋ねても、ミスティの答えは変わらない。しかし、カランはあきらめなかった。むしろ、断られて、さらに決意を固くした。中世の戦士のように、彼は城壁が崩れ落ち、あるべき運命にミスティが降伏するまで、攻めつづけるつもりだった。

一週間ほどたったある日、カランはＥＰＨのジムに向かっていた。その日の昼間、兄のブライアンといっしょにエクササイズをすることになっていた。カランは毎日、一時間はトレーニングをするようにしていて、ブライアンが来られるときは、いつでもいっしょに汗を流した。

カランは、ショートパンツと、首まわりと袖《そで》を切ったスウェットシャツに着替え、ウエイトトレーニングのコーナーに向かった。ブライアンもやってきて、二人はダンベルで腕の曲げ伸ばしを始めた。

「それで、ミスティとはどうなっている？」ブライアンは知りたがった。

「うまくいっているよ」カランは正直に答えた。

ミスティとの関係は信じられないほどすばらしかった。ベッドでの営みはいつもながら地をゆるがすほどだし、だいたいにおいて彼女は、このうえなく興味深い話し相手になるのがわかった。

いっしょにいて、決してあきない。その点は、今までデートした女性たちに勝るものがある。あとは、数えきれないほど投げかけたプロポーズの一つにでもイエスと言ってくれれば申し分ないのだが。

「彼女は結婚を承知したのかい？」

カランはブライアンがかすかにわざとらしい笑みを浮かべたのを無視した。「いや、まだだ。今も申し込んでいるところだよ。そのうちにオーケーしてくれるよ」

「ほんとうにイエスと言ってほしいのか？」

やわらかい口調でブライアンに尋ねられ、カランの動きはゆっくりになった。「どういう意味だ？」

「いいか……」ブライアンが片腕で運動を繰り返しながら、空いているほうの手を上げた。「怒らせるつもりはないんだ。僕がききたいのは、おまえがほんとうに結婚を望んでいるのか、それとも、彼女が妊娠したから結婚するのかということなんだ」

　ほかの人からこんなことを言われたら、とっくに相手の顔にパンチをくらわせていただろう。しかし、ブライアンはカランにとってもっとも信頼できる友人でもある。それに、彼がよかれと思って尋ねたのもわかる。

「よくわからないんだ」カランは初めて本音を口にした。「彼女と結婚したいとは思うよ。ただ、義務感からなのか、心から彼女を思うからなのかがわからないんだ」

「結婚式の祭壇に向かう前にはっきりさせておいたほうがいいんじゃないか？」

「そんなに簡単にできれば苦労はないよ」カランはふたたびリズミカルに腕の上げ下げを繰り返した。

　ブライアンが反対の手にダンベルを持ち替え、カランの横の空いているベンチに座った。「多大な責任を負って人生を送る人間はおまえだけじゃない。父さんやおじい様が考える男の器量とはどういうものか、僕たちはよくわかっているはずだ」

　カランはふうっと息を吐いた。「それで父さんがどうなったかも、僕たちにはよくわかっているだろう？　父さんと母さんは抜き差しならない立場になって、十八歳のときに結婚させられた」

「今のおまえの立場は、まさにそれだろう？」

「ああ」カランがしぶしぶと答える。「だから、ミスティを求めているからやっきになって結婚しようとしているのか、もともと父さんと同じことをする傾向があるのか、わからなくなるんだ」重いダンベルを下ろしてラックに戻し、彼は座って、額の汗をぬぐった。「僕の子供を父親のいない子にしたくないんだよ、ブライアン。パートタイムの父親もいやだ。それにミスティをシングルマザーにしたくない。彼女の人生は僕たちほど機会に恵まれていなかったし。彼女は自活するために懸命に働いてきた。その彼女が今後もわずかな金で暮らす必要はないんだ」

「そんなことにはならないよ。もしいっしょに子供を育てなくても、経済的に必要なものはなんでも与えてやれるんだから」

兄の的を射た言葉はカランの腑《ふ》に落ちた。自分の娘なり息子なりが、エリオット家の富が与えてやれるものを必要としているときに、手をこまぬいているつもりはない。

それでも、ただ見守るだけでいられるかどうか定かではない。カランとしては、子供のそばにいて、おむつに肘まで腕を突っこみ、時間どおりにミルクを飲ませてみたい。子供の初めての笑顔や、初めて歩くとき、初めてスクールバスに乗るときに、そこにいたい。

「それでも、子供の母親と結婚しなくても、いい父親にはなれるよ」二人の間にあまりに長く沈黙が続いたので、ブライアンが言った。「ミスティと子供の両方を援助できる。ニューヨークに引っ越してくるように彼女を説得してもいいし、あるいは、できるだけ頻繁にネヴァダへ飛んで、いっしょに過ごし、子供の成長ぶりを見ればいい」

カランは上目づかいに兄のようすをうかがった。

「兄さんが僕の立場だったら、どうする？」

ブライアンはしばらくそのことを考えてみた。それから、ただ一つ空いていたラックにそれまで使っていたダンベルを戻した。「それは、子供の母親に恋をしているかどうかによるんじゃないかな。もし恋していないなら、あらゆることをして、子供に僕が愛していて、その子のためにそこにいることをわかってもらおうとするだろうな。でも、もし恋していたら……」彼は強調するために言葉を切り、カランの目をまっすぐに見つめた。「どんなことをしてでも、いっしょになるよ」

その日は、それからずっと、ブライアンの親身な意見がカランの頭を離れなかった。どうやら、思っていた以上に兄が賢いのはたしかなようだ。

問題はこういうことだ。僕はミスティに恋をしているのだろうか？　それとも、ただ単に子供のよき父親になりたいのだろうか？

その晩、家に着いたときも、相変わらず答えには少しも近づいていなかった。ただ、本能はミスティと結婚して、二人で最善を尽くし、未来が二人をどこへ連れていくか見るようにと告げているのだけはわかった。だが、もしうまくいかなかったら、被害をこうむるのは子供だ。

ミスティが玄関でカランを出迎えた。彼女は相変わらず魅力的だ。彼女は洗濯室を見つけたので、着るものがなくなってきたら、どっさり洗濯するかもしれないと言った。しかし、デニムのショートパンツとカランのTシャツを見つけたとも言っていた。家で過ごすには、それらでじゅうぶんだ、とも。

カランも心から賛成した。ミスティのめりはりのある体の線が、妊娠によって、さらに強調されている。デニムのショートパンツにヒップと腿を包み、Tシャツの裾《すそ》を横で結び、胸のふくらみといくらか張り出しているおなかをめだたなくさせている。

ミスティは情熱的に見える。そしてカランは、彼女の一糸まとわぬ姿と、ステージ衣装姿の両方を知っていた。

「今日はどんな一日だったの？」ミスティは尋ね、カランがジャケットを脱ぐのに手を貸した。

「上々だった」カランは身をかがめてミスティの唇に軽くキスをした。長い一日が終わって、彼女の笑顔と甘く迎えてくれる唇のもとへ帰ってくるのがまったくあたりまえになりそうだ。「君は？」

「いい日だったわ。あなたの言うとおりに、街に出てみたわ」

「例のカーサービスを呼んだのかい？」

「ええ」ミスティが顔をしかめると、額にかすかなしわが寄った。「そうしたくはなかったの。かわりにタクシーを呼ぼうと思ったけれど、お金が一セントもないことに気がついたの」

「カーサービス用のエリオット家の口座があるから、そこの車を呼ぶように言ったんだよ」

「わかっているわ。だから、結局、そこの車で出かけたのよ」

カランの腕がするりと伸びて、ミスティのウエストを抱いて引き寄せた。

「じゃあ、どうしてまだ顔をしかめているんだ？」

彼はミスティの悩みのしるしをキスで消し去った。

「だって、私が使うお金をすべてあなたに頼っているのが心苦しいんだもの。もちろん、ヘンダーソンでも、全部あなたのお金でまかなっていたのだけれど、私はダンスを教えて、いくらかは収入があったから、今とは違う気持ちだったわ」

「君は僕の妻になるんだ。僕のものは君のものだよ」

その言葉で、かえってミスティの額のしわが深くなった。「私はあなたの妻にはならないのよ。だから、自分と私の子供のために自活できるようになるべきなの」

「僕らの子供だよ」カランがきっぱりと訂正した。それから軽やかな口調で言った。「いいかい、君がニューヨークにいる間は僕のゲストだ。そんな心配はしてほしくないな。どちらにしろ、もし仕事に行かなくていいなら、毎日いっしょに過ごしているんだ。だから、明日は少し金を置いていくよ。クレジットカードも何枚か預けるし、電話番号も知らせておく。ほかに入り用なものがあったら、電話してくれ」

あからさまにカランの申し出は的はずれだという顔をして、ミスティは彼を見ている。

「頼むから、僕の気持ちをくんでくれないか？」カランは彼女の肩を抱きしめた。「財産分与については、結婚してから話し合おう」

ありがたいことに、ミスティはそれ以上金のことを口にしなかった。ほかの女性なら、カランは疑いを持ったかもしれないが、ミスティはありのままだと彼にはわかっていた。話し合う必要があると思ったら、彼女はとことんまで話し合うだろう。しかし、あるものに関しては、彼女にとってそんな労力をかけるほどのものではないのだ。

「わかったわ。ディナーも冷めてしまうしね」ミスティはカランの手をとって、家の中をキッチンへと進んでいった。

「料理を作ったのかい？」カランは心底驚いて尋ねた。

「もちろんよ。そうでなかったら、どうして私が今日外出したと思うの？」

キッチンに着くと、レンジの上でいくつかの鍋《なべ》が湯気を立てていた。ミスティはカランの手を放して、見に行った。

「座ってちょうだい」ミスティはアイランドカウンターにしつらえた席を示した。

カランの家にはダイニングルームがある。家をあちこちのぞいてみたらしいミスティもそれを見たはずだが、キッチンのほうがくつろいだ雰囲気で、二人だけの食事には格式張っていなくていい。

「気を悪くしないでね。でも、カクテル用のオリーブとクラッカーしか食料のストックがなかったわ」

カランはひるんだ。「そうなんだ。悪かったね。必需品はそろえておくようにしているが、最近はおろそかになっていてね。祖母は家政婦に買い物をしておくように頼めとしつこく言うけれど、それもどうかと思うんだ。だって、外食したり、仕事帰りになにか買ってきたりするほうが多いんだから」

「まあ、あまり期待しないでね。ちっとも手のこんだ料理じゃないのよ」

「おいしそうなにおいだ」

カランは、ミスティが慣れたふうに鍋をかきまぜて味を見るのに感嘆した。彼女はパスタを入れた平鍋に注意を集中していたかと思うと、二枚の皿にたっぷりと取り分け、その上から赤いソースをかけた。それから料理の皿をカウンターに置き、スツールに座った。

カランはナプキンを膝に広げるとすぐに、パスタにフォークを突き立てた。海老《えび》とマッシュルームのソースの香りが口の中ではじける。ミスティの料理の腕を証明するカランの食べっぷりに、彼女はほれぼれと見入った。

「うーん……」カランが賞賛の声をもらす。「とてもおいしい」

ほめられたミスティは、カランに笑みを向け、自分もパスタにフォークを差し入れた。それから数分の間、二人は黙って食べつづけた。気がつくと、ミスティは気がかりそうにカランを見つめていた。

「どうかした？」カランがシャツを見おろす。「こぼしたかな？」

「違うわ」ミスティはなかば笑いながら答えた。「私、考えていたの……もし私たちが結婚したら、あなたは私に主婦になって、家を守る母親になってほしいの？　掃除をして、あなたが仕事から帰るころに、毎晩料理を食卓に並べるような奥さんを望んでいるの？」

無邪気なふうを装っていても、カランは言葉の背後に真剣なものを感じていた。ミスティがかたくなに拒否するのではなく、仮に結婚したと仮定して話をしたのは、これが初めてだ。

カランは皿の横にフォークを置いて、慎重に答えを考えながら、口の中のものをのみこんだ。

「こうしてほしいということは特にないよ」カランは正直なところを口にした。「君には、なんであれ楽しいと思えることをしてほしいな。家にいて子供を育てたいなら、僕はそれでいい。掃除や料理をしたいなら、それもいい。でも、家政婦を雇っているし、君がそうしたいならコックも雇えばいい。だから、家事はなんの問題にもならないよ」

「外で働きたいと言ったら？」

「僕はかまわないよ、ミスティ」カランはカウンターの角ごしに手を伸ばし、ミスティの手を握った。「君がしてみたいことなら、なんであれ僕は賛成する。もちろん、納得できる理由があればだが」にっこりして言い添える。「飛行機から飛びおりるとか、燃えているビルに駆けこむとか言ったら、どんなにはらはらするかわからないけれどね。もしＥＰＨで働きたいなら、できる限りのことをして、君の仕事を見つけるよ。もしジュリアード音楽院でダンスを教えたいなら、できるように応援するよ」

「ジュリアードね」ミスティは目を天井に向けて、あきれたような声を出した。「けっこうですこと。学校が元ラスヴェガスのショーガールを教員に加えたいみたいに聞こえるわ」

「君はすばらしいダンサーだよ、ミスティ。ショーガールとして踊っていたけれど、ほかの種類のダンスにも才能があるのは、君も僕も承知だ。その気になれば、ジュリアードの頑固頭たちを一人残らず蹴《け》散らすことができるよ」

ミスティは輝くような笑顔になり、カランの中から今までの疑いや結婚を断られた失望がすべて消えていった。このとき彼は、ある程度ではあるが、なぜ彼女が結婚を断りつづけるのかを理解した。ミスティは自分を場違いだと感じているのだ。エリオット家の一員にはふさわしくない、淑女にはほど遠いと思って、カランとの結婚を恐れているのだ。

ミスティに自分を過小評価してほしくない。エリオット家にとって、そしてカランにとって、どんなに必要な存在かをわかってくれさえしたら。彼らの生活に生気を吹きこみ、パトリック・エリオットに幼少時からたたきこまれた堅苦しさのようなものをやわらげてくれたらいいと思う。

今日の午後、ＥＰＨのジムで兄が言ったことがよみがえった。ブライアンの言うとおりだ。ミスティに結婚を申し込むのは、気持ちの問題なのか、身にしみついた責任感からなのか、はっきりさせなければならない。

前者が理由だとカランは確信を持ちはじめていた。〝愛〟というのは少し大げさかもしれない。なにしろ、彼は今まで恋に落ちたことがないので、その感情がどんなものかはっきりわからないのだ。しかし、ミスティのことは深く気づかっている。だからこそ、結婚して、いっしょに子供を育て、これからの人生をともに歩みたいと願うのだ。

それが僕の望みだ、とカランは気がついた。礼儀正しく、立派なことだから、自分を無にして責任を負うと申し出ているのではない。

二人は心地よい沈黙にひたって、料理を食べおえた。しかし、ミスティが皿を下げるのに立ちあがると、カランはもう一度尋ねてみる気になって、ナプキンで口をぬぐった。

「ねえ、ミスティ？」

ミスティは振り向かなかったが、話しかけられたことに気づいたしぐさをした。食器洗浄機に皿を入れるのにかがみこんだ肩と背に、ブロンドのメッシュを入れた栗《くり》色の髪がかかっている。

カランはしばらく喉がつまり、胸が締めつけられて、言葉が出てこなかった。思いもよらない感情の波に襲われる。これまで何度もプロポーズしてきたが、今回はそれまでとは違うという気がした。今度断られたら、ひどい打撃になりそうだ。

カランは激しく息を吸いこんだ。カウンターの縁をつかんでいる指が白くなっている。「結婚してくれるかい?」

ミスティは手をとめて振り返り、カランと目を合わせた。一瞬、悲しみとうしろめたさが彼女の目をよぎるのを見て、彼には返事がわかった。

「ごめんなさい、カラン。今でも答えはノーよ」

10

それから二日たって、ミスティはおもしろく過ごせることはないかとカランのタウンハウスをあちこち見てまわった。キッチンとベッドルームはすでに片づけてしまい、リビングルームでテレビのチャンネルを片っ端から切り替え、書斎で見つけたペーパーバックの人気小説の、最初の何章かを読んでしまった。

まだ昼前だというのに、もう退屈していた。カランは主婦や母親として家にいなくてもいいと言ってくれた。外出したければ出かけられるし、仕事やほかの活動をすることもできる。

もしカランと結婚すれば、だけれど。しかし、結婚するつもりはないし、そんなことはできない。よかれと思って下した決断に、心がどんなに抵抗しているかは問題ではない。

それでも、これからもカランには会えるだろう。彼は子供に会いにネヴァダに来るだろうし、年に数回は赤ん坊を連れて東部に来るようにと私にも言うはずだ。そのときにいっしょに過ごせる。

二人の関係は、いろいろな点で今までとは違ってくるかもしれない。体の結びつきは、もっとプラトニックなものになっていくだろう。それでも、少なくとも彼は私の生活の中にいる。愛と貞節と慈しみを拒んだからといって、すっかり彼を失うわけではない。

そういうものを誓うまでもないのだ。すでにカランに対して、そういう気持ちやそれ以上の思いを抱いているのだから。それでも、彼の人生に押し入り、自分と子供の居場所を無理に作らせるつもりはない。それは、月に行くのと同様、彼の計画とはかけ離れたものなのだから。

厳密に言えば、私の計画でもないけれど、シングルマザーとしての務めを日々の暮らしの中に組みこむことはできる。カランが妊娠した元ショーガールを暮らしの中に組み入れるよりずっと楽に。

ミスティはため息をついて、テレビの前のソファにどさりと腰を下ろし、この十分のうちにおもしろい番組が始まっていないかどうか、もう一度ひととおりチャンネルをチェックした。外へ出てもいい――うららかな五月の午後に。でも、自分で行けるところにはすでに行ってしまった。あるいは、たぶん……ラスヴェガスに帰ることを考えたほうがいいのかもしれない。

ダンススタジオと日々の仕事に戻ることを。以前のようには教えられないかもしれないけれど、スタジオを開業していかれるよう調整することはできそうだ。現在も何人かの生徒がミスティのクラスを受け持ち、彼女ができなくなった動きをやってみせてくれている。おかげで、彼女はこうしてゆっくり休んでいられるのだ。

それに、避けられないことを先延ばしにしても、意味がない。いずれは家に帰るのだから。あの夜、カランがキッチンでもう一度結婚を申し込んだときから二人の間に緊張がつのっているので、早いに越したことはないかもしれない。

あれきりカランが結婚の話題を口にしないところを見ると、あれは最後のプロポーズだったのだろう。

一日に何度もプロポーズしていたのに、結婚のことを話し合った日から、すでに数日がたっている。二人は今もベッドをともにしているし、たがいの腕の中で眠っている。それに、カランは会社からミスティのようすを確かめるのに電話をかけてくる。けれども、朝も昼も夜も結婚を申し込むことはなくなった。

ミスティはそれが寂しかった。そのことを思うと、腹のあたりにぐっとさしこむものを覚えた。何度となく断っていながら、彼がプロポーズしなくなったのがものたりないというのは残酷だと思うが、事実、残念だった。電話が鳴るたび、あるいはカランがドアから入ってくるたびに、期待にかすかに体をふるわせることがなくなるのは寂しい。

プロポーズを断ったのは、それが正しいことだからだ。それでも、まるで本心からのように何度も何度も結婚を求められるのはうれしいものだった。

そのとき、呼び鈴が鳴り、ミスティはどきりとして立ちあがった。カランかもしれないと思ったが、まさかと思い直した。カランなら、呼び鈴を鳴らさずに、あたりまえのこととして自分の鍵《かぎ》を使うはずだ。

それでも、客はいい気晴らしになる。すばらしい性能の掃除機を紹介したいという訪問販売員だろうと、トイプードルをさがしに来た近所の女性だろうと、かまいはしないという気がした。

ドアを開けると、まったく思いがけず、カランのいとこのブリジットが立っていた。一、二週間前にカランのオフィスで、楽しいながらも、少々ばつの悪い顔合わせをして以来だ。しかし彼女は悪びれずに中へ入り、明るくにっこり笑って挨拶《あいさつ》した。

「こんにちは」ライムグリーンのバッグを肩にかけて、ブリジットは熱をこめて言った。「おじゃまじゃないといいけれど」

ミスティはかぶりを振った。こんにちは、と言葉を返す暇もなかったけれど、ブリジットと顔を合わせるときは、おそらくこれが普通なのだろう。欠点になりそうなくらいエネルギーにあふれている彼女に、ミスティは思わず笑みを誘われた。

ブリジットは深いVネックの両サイドをタイで結んだオレンジ色の袖《そで》なしのブラウスを着ている。スカートは裾《すそ》がななめにカットされた渦巻き模様で、ブラウスとバッグの色と茶色の靴の色がまざり合っている。肩までの濃いブロンドの髪の両わきを、窓からの日差しに輝くラインストーンのクリップでとめている。

「よかったわ」ブリジットはブルーの瞳を決然と輝かせている。「今日は予定があるなんて言わないでね」

ミスティは首を振った。「ないけれど、どうして？」

ブリジットはつめていたらしい息をふうっと吐き出した。「よかったわ。だって、あなたをランチに誘いに来たんだもの」

「なんですって？」ミスティはいくらか当惑して目をしばたたいた。

「ランチよ。朝食と夕食の間の食事。女たちが集まって、軽いゴシップと女どうしのおしゃべりをする活動よ」ブリジットはにっこりして足を前に出し、ミスティの腕をぎゅっと締めつけた。「行きましょうよ。カランが仕事へ行ってしまって、あなたがここに閉じこもってじっとしているのはわかっているのよ。外へ出て、軽くなにか食べましょう。そこで、エリオット家のことで知っておいたほうがいいことをみんな話してあげるわ。おじい様のいい面に触れるにはどうすればいいかとか――いい面があればだけど」彼女は天を仰いで言い添えた。「カランは子供のころ、どんなだったかとか」

カランの祖父やカランのことが聞けるのは最高だ。ミスティはなにかすることはないかとやっきになっていたのだから。それに、ブリジットがとても好きだから、外でいっしょにランチを食べるのは楽しそうだ。それにやはり、カランの子供のころのことや、生まれてくる子供の曾《そう》祖父になる人のことをもっと知りたい。

「バッグをとってくるわ」ミスティは二階へ向かいながら言った。「それに、カランに電話をして、ちょっと留守にすると知らせておいたほうがよさそうね」

「彼なら、もう知っているわ」うしろからブリジットが声を張りあげた。

ミスティは階段の途中で足をとめた。

「会社を出る前にランチのことを話したの。彼は、私たち二人がきっと楽しく過ごせるだろうって。それから、なにか残った食べ物を持ってきてほしいんですって」ブリジットは腕組みをした。「食べ物は自分でなんとかしてもらわないとね。もしおしゃべりが思ったより長引けば、夕食の時間にも帰れないもの」

ミスティはくすくす笑って小走りにベッドルームへ向かい、小さなクラッチバッグを手にした。外へ出ると、ブリジットはカランがすすめてくれたのと同じ会社のタウンカーを縁石のところに待たせていた。

「あなたに無理をさせないように釘《くぎ》を刺されているのよ」空調のきいた後部座席に乗りこむと、ブリジットは言った。

「気分はいいわよ」ミスティは安心させようとした。

「ええ、それはわかるけれど、カランからあなたが入院したことを聞いたの。彼は恐怖で十歳は寿命が縮んだと思うわ。あなたの具合が悪くなったり、赤ちゃんにさわりがあったりするのがいやなのよ。お医者様がすすめようがすすめまいが、彼にベッドに入っているように言われなくてラッキーだったわね」ブリジットがウインクした。「エリオット家の人間ってそんな感じよ。頑固で、なんでもわかっていると固く思いこんでいるの」

「あなたも？」ミスティはかすかにほほえんできいた。

「もちろんよ」ブリジットは少しも気を悪くするようすはなく、また、みずからの描写に意気阻喪したようすもない。「ときどきいやになるけど――特におじい様がね。でも、エリオット家に生まれて、私は幸運だわ。もしほかの家に生まれていたら、とっくにずだ袋に詰めこまれてイーストリバーにほうりこまれているんじゃないかしら。実のところ、私はめちゃくちゃだと思われているの。だいたいにおいて、みんなが私を遠巻きにして、私がなにかとてつもなくばかなことをしても、みんなを巻きこまないように願っているという気がするの」

「そんな大家族で、団結の固い家族の一員でいるのはすてきでしょうね」

「ええ」ブリジットは迷わずに答えた。「うんざりすることもあるけれどね。でも、問題が起きたり、なにかが必要だったりするときは家族を頼れるわ」

一瞬の間をおいて、彼女は言った。「もちろん、あなたもそうできるわ。カランと結婚すれば、ほかの家族と同じに、あなたもエリオット家の一員だもの。必要があれば、いつでも私やほかの家族を頼れるのよ」

　カランとは結婚しないとミスティは反論しようとしたが、思い直した。おそらくカランは、すでに家族に結婚すると話しているのだろうし、ミスティが異議を唱えても、エリオット家の人たちが別の見解を持つとは思えない。

　それに、カランのいとこをそんな議論に引きこみたくはない。ミスティがなんの計画も立てずにラスヴェガスに戻れば、結婚式がないことは誰の目にも明らかになるのだから。

　それから、カランと結婚すれば、ミスティもすんなり家族になり、自動的にエリオット家の仲間入りするという考えには賛成できなかった。祖父のパトリックが、〝私の孫は誰もストリッパーとは結婚しない〟と言っているのを聞いたと、ブリジット自身が教えてくれたではないか。

　ミスティはストリッパーではないし、過去にもそうだったことはない。しかし、エリオット家の長老にその違いがわかるかどうかは疑わしい。

　同じように感じる人は多いので、勘違いを責めるつもりは少しもない。それよりも、パトリックがミスティに会う前から、彼女自身とカランとの関係について思いこみを固めているのがつらかった。しかし、それもまた無理もないと思う。彼の立場にいたら、ミスティも似たような反応をしたのではないだろうか。

　はたから見れば、彼女はエリオット家の財産めあての女に見えるだろう。元ショーガールがラスヴェガスを抜け出して、アメリカ北東部でもっとも裕福で成功した一族にもぐりこむ手立てをさがしているというふうに。

世間はこう言うだろう。まずミスティがカランを体と都合のいい情事で誘惑し、それから、なんとか妊娠にこぎつけて、愛のない結婚の罠《わな》にかけたと。

世間の人々——カランの家族も含めて——がほんとうのことを知りさえしたら。ミスティがどんなにカランを気づかっているか。そして、今回の妊娠はほかの誰にとってもそうであるように、彼女にとっても衝撃だったということを。

車がマンハッタンの車の流れに沿ってとまったり発進したりするたびに、ミスティはおなかのかすかなふくらみを手でかばった。

ミスティがカランと結婚しないもう一つの理由がそれだ。世間がなにをしようと、なにを言おうと、ミスティがわざと妊娠して、まんまとカランの財産に手を伸ばそうとしたのではないとは、誰も決して信じてくれそうにない。

ミスティは囲われ者かもしれないが、がめつく金を欲しがっているわけではない。そして、世間の人人が皆、彼女を金めあての女と見なしていると知りながら、生きていくことはできそうになかった。

数時間後、ミスティとブリジットはデリカテッセンの中庭《パティオ》でテーブルについていた。ゆっくりとサンドイッチとフルーツサラダを食べる二人の頭の上で、パラソルがそよ風にはためいている。

ブリジットが予定を変更すると言い張らなければ、おそらくもっと早くレストランで食事をとっていたはずだ。しかしブリジットは、ミスティがニューヨークへ来てからの行動を聞くと、彼女の外歩きが退屈でありきたりだと言い、エリオット家の女性ならこうするだろうという楽しいショッピングの一日をプレゼントすると決めたのだ。

ブリジットはミスティを何軒かの宝石店とブティ

ックへ連れていき、どちらの店でもなにか買うようにすすめた。ブリジットは〝カランは気にしないわ〟と何度も繰り返し、ミスティもどこかでそのとおりだとわかっていた。しかし、必要を超えたものに金を払ってほしいとカランに頼むのは心苦しい。

子供に必要なものならいいが、ちゃらちゃらした贈り物や不必要な贈り物はいらない。それらはただの愛人より劣る気分にさせられる。娼婦《しょうふ》のような気分にさせられる。すでに誰もがミスティを同じたぐいの女と見なしているのだから。

そのことを説明したら、ブリジットは理解してくれるのではないかと思ったが、口にしなかった。ミスティが買い物するのを断るたびに、ブリジットはほっそりした肩をすくめ、彼女にはかまわず、自分の帽子とふくらはぎ丈のブーツを買った。

店をめぐり、ゆったりしたセダンで街を走る間に、ときどきブリジットは、一族間のあらゆる種類のゴシップと、現在ＥＰＨで進行していることを話して聞かせた。

あるとき『バズ』誌のスタッフの一人が、背中に〝至急〟とスタンプが押されたしわくちゃのシャツを着て、会議に出席した。それで、コピールームで若い受付嬢となにをしようとしていたかが一目瞭《りょう》然《ぜん》だったという話などに、ミスティは笑い声をあげた。

別の話には首をかしげた。たとえば、パトリック・エリオットが引退するにあたり、年末までにいちばん業績がよかった雑誌のトップにＥＰＨの最高《C》経営《E》責任者《O》の地位を与えると発表して、子供たちをあからさまに競争させていることに。

ミスティには、家業というとるにたりない理由はもとより、それ以上のどんな状況であれ、兄弟姉妹を敵対させることなど想像できない。ＥＰＨがどれほど大きな会社であるかはわかったけれども、それでもやはり、一つの会社、一つの仕事にすぎず、家族や子供、そして愛することや尊重することとは比べようがない。

我が子の子供の曾祖父になる人物のこんな面を聞くと、ミスティはいくらかいやな気分になった。ことさらパトリックに会いたいとは思わないけれど、なにがあっても、彼と彼の粗暴なふるまいや見くだした態度――あるいは公然とした嫌悪かもしれない――そして人を支配したがる性格から、子供を守ろうという気持ちになった。

「指図したがる年寄り。おじい様ってそういう人よ」ブリジットはサンドイッチをもぐもぐ嚙《か》みながら、祖父の話を続けた。「私やほかの家族の生き方にうるさく口出しするので、頭がおかしくなりそうなの。誰かがおじい様に道理をたたきこむか、私たちをほうっておいてと言ってやればいいのよ」

ミスティは賛成してうなずきながら、食事といっしょに注文したクランベリージュースをすすった。パトリックが自分と赤ん坊の生活にどのような影響をおよぼすかという心配だけが心を占めていた。ブリジットはおとなしく耳を傾けている聞き手が見つかって満足そうだった。

「おじい様は、アマンダおば様がハイスクールを卒業してまもなく妊娠すると、ダニエルおじ様とアマンダおば様を結婚させたのよ。それは感謝すべきよね。そうでなかったら、カランは生まれていないんだもの」彼女はわけ知り顔でミスティににやりとしてみせた。「それでも、その状況にどう対処するか、二人の判断にまかせるべきだったと思うわ。二人はおそらく結婚したでしょうし、そのあと離婚はしなかったはずよ。たとえ結婚しなくても、ダニエルおじ様はいい父親になって、アマンダおば様とブライアンを正当に扱ったはずだわ」ブリジットはソーダをごくりと飲んで、サンドイッチをのみくだした。

「それに、フィノーラおば様が十五歳で妊娠したとき、子供を取りあげたのはほんとうに悪いことよ。だって、かわいそうなおば様は、そのことから立ち直っていないみたいなの。『カリスマ』誌の編集長として、完全に仕事に人生を乗っ取られた感じよ。デートすらしないんだから」椅子の背にもたれて、彼女は言い添えた。「私は雑誌の仕事にすっかり人生を奪われるなんてまっぴらよ。ぜったいに」そのあとすぐ、ブリジットはふたたび身を乗り出し、陰謀をくわだてるようにささやいた。「私がこれから言うことを誰にも言わないでくれる？　カランにもよ？」

ミスティは驚いて一瞬黙った。カランのいとこが秘密を打ち明ける相手に選んでくれたのを誇らしく思ったが、買いかぶられているようにも感じた。しかし、いずれにせよ、彼女はうなずき、話を聞くために身を乗り出した。ブリジットとの間に芽生えた友情を終わりにしたくなかった。

「心に誓って？」

「心に誓って……」ミスティはシャツの前で十字を切った。

「私は『カリスマ』誌の写真部の仕事がとても好きよ。だから、悪いふうにとらないでほしいの。それに、このことは今まで誰にも話していないのだけれど……私、エリオット一族の暴露本を書いているのよ。おじい様が知ったら、きっと死んでしまうわ。それより、私を殺すかもしれないわね。でも、書かなければならないの。誰かが、パトリック・エリオットがほんとうはどういう人間かを世間に知らせなくてはならないのよ。それと、彼が今の地位にのしあがるために、なにをしてきたかをね」

ミスティがブリジットの言葉の意味をよく理解するかしないかのうちに、ブリジットの決然としたけわしい表情がやわらいで、自信なさげな顔になった。

ブリジットはふうっと息を吐き、メロンを口に運んだ。「正気じゃないと思う？　おじい様を怒らせるだけじゃなくて、家族中から総すかんをくうかしら？」

「わからないわ」ミスティは正直に答えた。

カランを除いてエリオット家のメンバーを誰も知らないが、ブリジットの秘密の行動と、エリオット一族の内部事情や個人的な醜聞を世間にさらす本に対して、彼らがどんな反応を示すかはじゅうぶん予想がつく。

「そうね……」ミスティは深く息を吸い、それから思いきって正直な意見を述べた。「あなたは正しいと思うことをするべきだと思うわ。話を聞いていると、あなたはこの企画にとても熱意を持っているわね。それは悪いことには思えないわ。好きじゃないことや満足しない仕事をして、人生を過ごすべきではないもの」彼女はもう一口ジュースをすすり、勇気を持って先を続けた。「だって、その本を書いたからといって、出版しなくてはならないとは限らないもの。自分の満足のために書いて、誰にも見せずにおくこともできるわ」

これを聞いて、ブリジットはがっかりした顔をした。どうやらこの暴露本にかける意気込みは、彼女にとって単なるひそかな趣味以上のもののようだ。

「でも、もし出版するなら……エリオット家の人間ではない私が口にするべきではないかもしれないけれど……もし内輪の恥がいくつか公になれば、あなたのおじい様は、自分が子供や孫たちに対してあまりに支配的だったことに気がつくのではないかしら」

「そう思う？」ブリジットはテーブルごしにミスティの手をぎゅっと握った。「ああ、ミスティ、ありがとう。おかげでずいぶん気が晴れたわ。少なくとも、あなたはわかってくれたんだもの。誰かがエリオット家の真実を話す勇気を持つべきなのよ。おじい様がでっちあげた真実ではなくてね」

　そのあとは、それ以上深刻な打ち明け話はなかった。しかし、ミスティはまだ気持ちが引いていた。ブリジットのことはとても好きだけれど、彼女とあまり友情を深めるのはフェアではないとわかっている。ミスティはたぶんそれほど長くはニューヨークにいないし、おそらくこの先、戻ってくることもないのだから。

　車がカランの家の前に着いたとき、ブリジットが身を乗り出してミスティを抱きしめた。ミスティも抱き返す。ほんとうの友達になれる相手にやっとめぐり合ったと感じ、涙がにじんできた。

　そして、たぶん、ブリジットと会うことはもう二度とないだろう。

11

「ブリジットとのランチはどうだった？」

　ミスティはキッチンのカウンターについて、昨日の新聞のクロスワードパズルにじっと目を凝らしていたが、実際には解けていなかった。

　カランに質問されて顔を上げた。彼が入ってきたのが聞こえなかった。玄関が開くのも……堅材の床を歩く足音も……鍵《かぎ》が玄関ホールの棚に置かれるのも。彼はすでにスーツのジャケットを脱いで、ブリーフケースを下に置いていたが、それらの音や動きにも気がつかなかった。

　それもたいして不思議ではない。ブリジットといっしょに午後を過ごして、ミスティの頭はさまざまな考えでいっぱいだった。それらはすべて、カランのこと、これ以上少しでも長くニューヨークの彼のもとにとどまるリスクを冒すべきかどうかということを中心にまわっていた。

ミスティは気が散ったかのように軽く頭をかき、心にもない笑みを顔に張りつけて、スツールの向きをくるりと変えた。

「楽しかったわ。私、あなたのいとこが好きよ。あなたのほうはいかが？」

「申し分なしさ」

カランはミスティの真正面まで歩いてきて体を押しつけた。彼の息がミスティの頬やまつげ、そして唇にかかる。彼女をはさむように両手をカウンターについて身をかがめる。

「それでも、君がいなくて寂しかった。そして考えていたんだ」カランは唇をミスティのこめかみに軽く触れさせ、それから輪郭に沿って這《は》わせた。「明日は君もいっしょに仕事へ来るかもしれないとね。そうすれば、君のことを思いはじめたとき、目の前に君がいるんだ。こんなに遠くじゃなくてね」

カランが会社と家との距離を大げさに強調するのがおかしくて、ミスティはにっこりした。

「私がいたら、気が散るんじゃなくて？」ミスティはカランの髪に指を差し入れ、熱いキスを首に受けて頭をのけぞらせた。

「いてほしいのに手が届くところにいないより、ずっと気が散らないさ」

カランの言葉にミスティの胸はかすかにときめき、靴の中で指を縮めた。

国の反対側に住みながら情事を続けていたこの四年間も、そんなふうに思っていてくれたのかしら。それをカランにきいてみたい。しかし、答えを聞くのはこわかった。ミスティが毎日彼を思っていたのに、彼はそれほど思っていないと知るのはこわい。

カランはミスティの半月状にくれたシャツの胸元に鼻をすり寄せた。みるみるほてってくる彼女の肌に舌を這わせる。彼女は目を閉じ、低く喉を鳴らした。

「階上《うえ》へ行こう」カランがうなるように言う。

「おなかはすいていないの？　先に食事をしなくていいの？」

　カランが体をまっすぐにし、ミスティはぱっちり目を開いた。どうしたいのか推しはかる間もなく、彼はミスティを抱きあげて玄関ホールのほうへ体を向けた。

「今いちばん欲しいのは君だよ。食べ物は待っていてくれるからね」

　カランはすばやく、しかし慎重に階段を上がり、使命を果たすかのように寝室に向かった。ベッドの足元まで来ると、マットレスの上にミスティをやさしく寝かせ、自分も身を横たえた。

　真剣な、独占的な……崇《あが》めるような目で見つめられ、カランを惜しむ気持ちでミスティの胃はきゅっと縮んだ。カランのもとを去ったら、どんなにか彼を恋しく思うだろう。

　それでも、私はカランの家を出ていく。そうしなければならない。だが、それはもっとも困難なことに違いない。なぜなら、私はカランを愛しているから。

　これまでずっと愛していたことは心の奥でわかっていた。愛しているからではなく、カランがいい人で、過去に付き合った男性より大事に扱ってくれるから情事を続けているという言い分は、現実を認めていない空言にすぎない。

　ミスティ自身、そんなふうに人を愛せるとは思わなかった。そして初めて、カランの子供を身ごもったことを神に感謝した。自分勝手な考えかもしれないけれど、少なくとも彼の子供を持つことで、いつも彼の一部といっしょにいられ、なにものも断ち切ることができない絆《きずな》で、彼につながっていることができる。

もしできるなら、カランと結婚し、これからの人生をともに暮らすだろう。しかし、そうするには、出会ったときに、ミスティはショーガールであってはいけなかったし、二人の関係も禁じられた熱い情事として始まってはいけなかった。

カランがエリオット家の一員であることもプラスにはならなかった。もしそうでなければ、二人の間の障害もこれほど越えがたいものではなかったかもしれない。

涙がこみあげそうになり、ミスティは口の内側を噛《か》んで、目をしばたたき、気持ちを抑えた。泣きそうになっているのをカランが気づいたら、わけを知りたがるだろう。そして、彼女が話すまで許してくれそうにない。

しかし、愛しているから、彼のもとを去るつもりでいることを、どんなふうに話せばいいのだろう？　それが誰にとってもいちばんいいのだと、どう話したら、彼にわかってもらえるだろう。

カランはきっと、そんな話をさせないようにするだろう。それがだめなら、彼女の気持ちを変えさせようとする。それでも、どうしてもここを去ると言えば、正気を取り戻すまでベッドに縛りつけておかれそうだ。

ミスティは口元をほころばせた。カランの言いだしたら聞かないところと一途《いちず》さは、私がいちばん好きなところだ。大事にされ、守られている気がするから。

だが、今度ばかりは、エリオット家特有の尊大さに、私が正しいと判断した行動をはばまれてはならない。

カランは両方の親指でミスティの眉を撫《な》で、彼女を見おろした。肩から足首までぴったりと体が重なっている。

「とても深刻な顔をしているね」カランがそっと言った。「なにを考えているんだい？」

〝愛している〟と言う言葉が舌の先まで出ていたが、ミスティは口にすることはできなかった。

一つには、そもそもベッドをともにするようになったのは、愛のせいではないからだ。今になって、二人の関係にそんな感傷を持ちこむのはフェアではない。

もう一つは、カランに愛していると言って、同じ言葉が返ってこないのには耐えられないからだ。もっと悪くすると、急に思いをつのらせて、べたべたとまつわりついてくる愛人から逃れたくて、彼の顔が無表情にこわばるのを見ることになる。

妊娠してもしなくても、子供を持っても持たなくても、二人は今でも一人の男性と愛人にすぎない。

ミスティは頭を振り、両腕を上げてカランの絹糸のような髪を指ですいた。

「たいしたことではないわ」ミスティはカランの問いに答え、ほかの思いはみんな頭のうしろへ押しやった。「誰かの食べ物や飲み物のかわりになるのは、なんてすてきなのかしらと思っていたの」

「〝誰かの〟じゃないよ」カランが不満そうな声を出す。「僕のだ」

カランはがむしゃらな独占欲で、ミスティの喉の頸《けい》静脈の上に歯をあてた。熱く濡《ぬ》れた舌を渦巻くように肌にすべらせ、それにつれてミスティの脈が速くなり、血流がさらに激しくなる。もっとぴったり体を合わせ、そしてもっと感じたい一心で、ミスティはカランの下で身をよじった。

カランは喉から唇を離し、ミスティが息もできないほど情熱をこめて口づけした。

ミスティの舌とたわむれながら、彼女の腕やウエストに手を這わせ、胸を愛撫《あいぶ》する。

気がつくと、少しずつ服がゆるみ、脱がされていく。黒いスラックスとピンクのトップスを脱がせやすいように、ミスティは体の向きを変え、パンティとブラジャーだけの姿になった。

ミスティもカランの服を脱がせにかかる。ネクタイを解き、襟から引き抜く。次に、ゆっくりとシャツの前に指を這わせ、小さなボタンをはずして前をはだけ、裸の胸に手を触れた。

カランが鋭く息を吸いこむ。ミスティが彼のわき腹に爪を這わせ、ズボンのウエストに指をかけると、腹部がきゅっと硬くなった。親指と人さし指で留め金を開け、彼の唇を味わいながらファスナーを下ろす。

ミスティに高まりをやさしく包まれると、カランは体を離して、勢いよく立ちあがり、靴とズボンを大急ぎで脱ぎ捨てた。ミスティがくすくす笑う。裸になったカランは彼女のもとへ戻り、急いでおそろいのブラジャーとパンティを脱がせた。

二人は唇を合わせた。息がまじり合い、体をよじりながらベッドの上にころがり、たがいの手足がもつれる。カランがミスティの首の横にキスし、耳たぶを吸う。それから彼の唇はさらに下へ向かい、片方の胸にたどり着いた。

硬くなった胸の先端に円を描くように舌を這わせ、口に含む。そうしながら、親指の腹でもう一方の先端を愛撫する。

その感触に、ミスティは背中をのけぞらせた。体の中心に脈打つ快感をつのらせながら、解放を求めて体が張りつめていく。

ミスティは両脚をカランのウエストにからめ、彼は一息に身を沈めた。無意識に彼にしがみつき、ミスティは海の波のような喜びにひたされて声をもらした。

ミスティがカランの背中から肩へ、そして広い胸へと指を這わせる。カランはぐっと顎を引き締め、首の筋を浮きたたせて何度も体を上下させた。世界は、二人がいるこの部屋、このひとときだけを残して消え去った。ほかのすべての思いや気がかりも、もはやない。荒い息づかいと激しい喜びのうめきだけがあたりを満たしていく。

カランはミスティのわき腹を撫でて、一方の手を腰にやり、もう一方で彼女の秘められた場所をさぐった。強烈な快感がミスティの体のすみずみまでつらぬく。

ミスティが背中をのけぞらせ、踵《かかと》がマットレスにぐっと沈んだ。カランの肩に爪を立て、長く鋭い叫び声をあげる。カランはさらに深くかがみこみ、愛撫を続けた。ミスティは幾度も押し寄せる波に体をふるわせた。それからカランは、ぐっと体をこわばらせ、腹の底から絞り出すようなうめき声とともに、彼女の中にみずからを解き放った。

マーチングバンドのパレードのような激しい動悸《どうき》がおさまり、ミスティが目を開けると、カランが真っ青な瞳で彼女を見おろしていた。ミスティの上に身をかがめた彼は、彼女のおなかに重みがかからないように腕で体を支えている。

それからカランはミスティに力強い満足げなキスをして、横向きに寝ころんだ。「君はどうか知らないけれど、こんな食事だったら、いつでも、うんざりするようなミートローフなんかより歓迎するよ」

ミスティはまぶたがくっつきそうになりながらも、にっこりして賛成した。「そうね」

カランは体の下になっているシーツと上掛けをめくり、二人の胸の上まで引きあげ、ミスティに体をすり寄せた。

二人とも横向きに体を伸ばし、カランはスプーンのようにミスティをうしろから抱いていた。腕をウエストにまわし、唇を彼女の首と肩に触れている。

ミスティは深く息を吸い、吐き出すときに嗚咽《おえつ》をもらさないよう必死になった。泣いているのをカランに知られたくない。気づかれたら、彼はわけを知りたがるだろうし、彼女にも答えられない質問を浴びせるだろう。

カランはミスティのまるく張った腹部に無意識に指を触れている。それも、彼女の心をゆさぶり、喉をつまらせた。

カランはこんなにもいい人だ。これから先ずっと、夜が来るたびに彼と枕《まくら》を並べること以上に望むものはない。私は彼のもの……彼とともに存在する……二人いっしょの未来が目の前に輝いていると心から感じてみたい。

けれども、私はそうはしない。自分がどうするべきかはわかっている。

たとえそれがどんなにつらくても。

12

翌日、カランは仕事から家に帰り、気がつくと、口笛を吹きながら玄関への階段を二段ずつ上がっていた。

すばらしい女性のなせる技だな。カランは思った。長くきびしい一日のあとでも、スキップしたい気分になる。家へ帰るのが待ちきれなくて、一人分の冷凍食品を電子レンジにほうりこんだり、テレビの前に一、二時間も座りこんでからベッドへもぐりこんだりするより、ましなことをしようという気になる。

ミスティが結婚しようとしないのが悩みの種だ。彼女にその気がないのはたしかだ。正直に認めるなら、カランは落胆への道筋をたどっている可能性が大きかった。

カランは今まで誰かに結婚を申し込んだことはなかった。そこまで気にかけた女性はいなかった。だが、ミスティのことは気にかけている。そして、まだ生まれていない子供のことも。

なんとしてもミスティに妻になってほしい。ところが、カランは……少なくとも百回はプロポーズし、ミスティは……百回断った。

ミスティを肩にかついでどこかへ連れていき、イエスと言うまで中国の水責めの拷問でもするほかに、彼女をその気にさせる方法がないような気がした。

こうなったら、残されている選択肢はただ一つ、手に入るものをとるということだ。ミスティは結婚を承諾しそうにないけれど、彼とニューヨークで暮らすことを楽しんでいるようだ。

それなら、いっしょに暮らせばいいのだ。理想的とは言えないかもしれないし、家族も百パーセントは賛成しないかもしれないが、これならうまくいきそうだ。

ミスティといっしょに暮らし、いっしょに子供を育てられる。結婚の神聖さはなくても、幸福な大家族になれる。

そんなふうに考えて、カランは腹にぐっと力をこめ、玄関ドアの取っ手を強く握り締めた。

カランは一族のプレイボーイで通っていた。きれいな女性たちが腕にまつわりつき、彼の言葉に魅せられた。彼のベッドが空になるのは、彼がそうしたいときだけだった。

それがなぜ突然に、ミスティと親密になるだけでなく、身を固めなくてはならないという気になったのだろう？

子供ができたからだろうか？

ミスティが、ほかの女性たちを喜んであきらめてもいいと思わせる女性だからだろうか？

正直なところ、カランにはわからなかった。これまで同じ質問を数えきれないくらい自分に問いかけてきたが、いまだに答えは出ない。

しかし、神の前で誓おうと誓うまいと、うまくやっていくことはできる。きっとうまくいく。今にそれがわかる。

ドアを押し開けて、カランは家の中に入った。小首をかしげて、ミスティの気配に耳を傾ける。彼女はたいてい、キッチンで夕食の支度をしているか、居間で本を読んでいた。

カランはブリーフケースを置いてスーツのジャケットを脱ぎ、廊下を進んでいった。キッチンからは、なんのにおいも漂ってこない。だからといって、ミスティがそこにいないとは限らないが。

しかし、家の裏手には誰もいなかった。鍋《なべ》もフライパンもレンジの上で熱くなってはいない。カウンターに席もセットされていない。

次にリビングルームをのぞき、書斎もチェックする。不安が腰のあたりでむずむずとうごめきはじめ、カランは眉をひそめた。

仕事から帰ってきたときにミスティが一階にいないからといって、心配することはないのかもしれない。だが、不安はあった。なにしろ、彼女はこれまではいつも一階にいたのだから。それに妊娠しているし、前にやっかいな事態に陥っている。

近ごろのカランは、いつも恐れと不安をポケットに入れて、行く先々へ持ち歩いているようなものだった。ミスティの健康と安全を気づかい、彼女がふたたび病院へかつぎこまれるようなことが起こり、子供を失いはしないかと恐れていた。

そんな心配は一日ごとに捨てるようにしていた。いざ父親になるとわかったら、彼がむきだしの神経の塊になって、気弱にふるえているとミスティに知られたくなかったからだ。

彼女は大丈夫だ。カランは自分に言い聞かせた。しかし、万一にそなえて急いで二階へ上がった。

「ミスティ？」すぐに返事があるのを期待して名前を呼ぶ。しかし、あたりはしんとしている。

もしかしたらシャワーを浴びているのかもしれない。あるいは、ひと眠りしている可能性もある。妊婦は疲れやすいので、休息を多くとらなくてはならない。

ベッドルームまで来ると、ドアが少し開いていた。すぐに腕をいっぱいに伸ばして押し開ける。

ミスティはベッドの中にはいず、そのかわり、キングサイズのベッドのわきに立ち、服をたたんで蓋《ふた》を開けたスーツケースにきちんと詰めていた。

その光景に、カランは入り口のところで凍りついた。血液が濃くなって、なかなか流れていかない感じだ。懸命に頭を働かせようとしたが、だめだった。

「ミスティ」カランはいつもの二倍も分厚くなったように感じる舌を押しのけて、やっとの思いで言葉を押し出した。

ミスティは動きをとめ、ゆっくり頭をめぐらせてカランと目を合わせた。彼女の目に浮かぶ悲しみに、彼はみぞおちを殴られたような衝撃を受けた。しかし、息がとまり、部屋がぐるぐるまわりだしたのは、痛々しく彼女の顔に刻まれた決意の表情を見たときだ。

「なにをしているんだい？」カランはまさかと恐れながら尋ねた。

ミスティはふたたび手を動かし、黒いスラックスをたたんでスーツケースに詰めこんだ。「荷造りをしているのよ」

「見ればわかるよ。僕をどこへ連れていくつもりだい？」カランは疑念があたっていないことを祈りながら、ことさら軽さを装って尋ねた。

「どこへも連れていかないわ。私が家に帰るのよ」

なんてことだ。「ここが君の家だよ」

「いいえ、カラン」ミスティがそっと言う。「ここはあなたの家よ。私の家はネヴァダにあるわ」

それを聞くと、ふたたびカランの血液が勢いよくめぐりだした。不安ないらだたしさが押し寄せてくる。彼は三歩で部屋を突っ切ってミスティのそばへ行き、彼女が別の服を手にとる前に腕をつかんだ。

「君の家は僕がいるところだ」カランはきっぱりと言った。「どこに住むかは関係ない」

「カラン……」

ミスティは腕を振りほどいた。まつげを伏せて床に視線を漂わせ、それからふたたびカランに目を向けた。

「ごめんなさい。でも、この先、うまくいかないわ。この数週間、私のためにいろいろしてくれてありがとう」

ミスティは懸命にカランの瞳から目をそらさないようにしながら、無意識にスーツケースの縁を指で撫《な》でていた。

「それに、あなたを子供から遠ざけるつもりはないわ――わざわざ断るまでもないけれど。でも、自分ではないものを装いながら……私たちの関係ではないものを装いながら、これ以上ここにはいられないの」

「誰も君ではないもののふりをしろなんて言っていないよ」

ミスティはかぶりを振った。栗《くり》色とブロンドが入りまじった髪が肩のまわりでゆれる。「私がまったくエリオット家の家風に合わないのに、妻になれとあなたは言うわ。あなたのおじい様は、私にダンサーではなく淑女であることをお望みだわ。別の何者かになるには年を重ねすぎているのに」

事態を悟って、カランの体中にどっと汗が噴き出し、背中をつたわり、てのひらが湿ってきた。ミスティがすり抜けていってしまう。引きとめる方法がわかりさえしたら。

「祖父がなにを望もうが知ったことじゃない」カランは吐き捨てるように言った。「この際、僕の望みもわきへ置くとして、君はいったいどうしたいんだ？」

ミスティは胸をふくらませて大きく息を吸い、それからしみじみとため息をついた。「前の生活に戻りたいの。赤ちゃんができたことは悔やんでいないわ」彼女は守るようにおなかに手をあてた。「でも、そのせいで私たちの生活がこんがらがったのはわかるはずよ。でも、私はこれ以上あなたの生活をやっかいなものにしたくないの。だから、ここを離れるわ」

やっかいなものだって？　ミスティは彼女が僕の生活をよくしているのがわからないのだろうか？　彼女は夏の嵐《あらし》のあとの虹《にじ》……凍える冬の日に暖炉で燃える火……。ストレスと混乱の旋風が吹き荒れる日常にあって、僕自身を投げ出せるやわらかな場所だ。それが彼女にはわからないのだろうか？

出会ったばかりのころから、カランの暮らしの中でミスティは常に変わらぬ存在だった。いつも心から彼を歓迎し、待ちかねたように喜んで話に耳を傾け、ありのままの彼を受け入れてくれる。

それがわからないとはどういうことだ？

僕が愛しているのがどうしてわからないんだ？

自分の本心を身にしみて悟り、カランは息もできず、よろめいて、あとずさりしそうになった。

僕はミスティを愛している。実にシンプルなことだ。こんなにはっきりしたことに、もっと早く気がつかなかったなんて信じられない。

僕はミスティが単に魅力的だと感じたのでも、体に惹《ひ》かれただけでもない。僕の子供を身ごもったからという理由だけでいっしょに暮らそうと思ったのでもない。

子供も欲しいけれど、彼女のことも求めている。妻として、恋人として、この先、この世を去るまで人生をともにする伴侶《はんりよ》として。

何年も、彼女を思いきれなかったのも不思議はない。かかわりを持ったほかの女性たちもいたし、何度もおしまいにしたほうがいいと思ったが、決して実行できなかった。今なら、そのわけがわかる。

僕はずっとミスティに恋していたのだ。自分でさえ気づかなかった、どこか深いところで。

「ミスティ」

思わず彼女の名前を呼んでいた。しかし、とまどいはしなかった。彼は衝撃を受け、驚愕《きようがく》し……歓喜していた。ミスティを抱きすくめ、ぐるりと振りまわし、今新たに発見した思いもよらない新事実を胸も裂けんばかりに叫びたかった。

「なぜ今出ていくんだ？」叫ぶかわりに、カランはきいた。「君はここにいて幸せだと思っていたよ。僕たちは幸せだとね。それに、君は僕の家族と親しくなるのを楽しんでいたじゃないか。気が変わるようなことがあったのかい？」

ミスティはカランから目をそらし、荷造りに戻った。今度はカランもとめなかった。彼女をこちらに向かせておくより、答えが聞きたかった。

「なにもないわ。ただ、予定より長く滞在しすぎたことに気がついただけよ。スタジオに戻って、ダンスのクラスを再開しなくてはならないわ」

カランは信じなかった。しかし、そのことでとやかく言うつもりもなかった。どのみち、どうでもいいことだ。

「君を愛していると言ったらどうする？」カランはどうとでもなれとばかりに、だしぬけに告げた。

ミスティは、はたと手をとめた。パンティが指からだらりとぶらさがっている。スローモーションのように、ゆっくりとカランのほうに向き直る。目をみはり、喉の筋肉を大きく動かして、激しく息を吸いこんだ。

「なんて言ったの？」

カランは前に進み出た。ばかみたいなにたにた笑いで、顔が二つに裂けているに違いない。彼は両手でミスティの腕をつかみ、安心させるように親指で撫でた。

「愛しているよ、ミスティ。ずっと愛していたと思う」カランは彼女の頬を撫で、指で髪をすいた。

「君は僕にとって、決してただの愛人ではなかった。初めて会った瞬間から、それ以上の存在だという気がした。そのときは認めようとしなかったかもしれないが……」彼は辛辣《しんらつ》な笑い声をたてた。「君を失うと思って死ぬほど恐ろしい思いをしなければ、今でも認めなかったかもしれないな」カランの指がミスティの素肌に巻きつく。「君を行かせたくない」彼はありのままに言った。「でも、君が帰らなくてはならないと思うなら……ほんとうにネヴァダで暮らしたいなら、僕も行くよ」

「カラン――」

「必要なら、ＥＰＨをやめる。あるいは、遠距離で、エリオット家のために働く方法を見つけるよ。君といっしょにいられるなら、僕はそれでいいんだ」

ミスティはかぶりを振った。涙にきらめくすばらしいグリーンの目をせわしなくしばたたいている。

「あなたにそんなことはさせられないわ、カラン」こみあげる感情に声がくぐもっている。両のまつげに涙が盛りあがり、頬をつたって落ちた。「私も愛しているわ。でも、いつかあなたに嫌われるようになりたくないの」

カランの鼓動は急に速くなった。ミスティに愛していると言われたことがうれしくて、そのあとの言葉が初めはわからないくらいだった。

　その意味を理解すると、カランの笑みは消え、ふたたびはらわたがうごめくような不快な気分に逆戻りした。

「なにを言っているんだ？」カランは心底困惑していた。ミスティを嫌いになるようなことを、彼女がしたり言ったりするとは想像できない。

「私はあなたにふさわしい女ではないわ。あなたは誇りにできるような女性を妻にしなくてはだめよ。ご家族に賛成してもらえるような女性をね。妊娠したから結婚しなければならないと思っている愛人ではなくて」

　ミスティははなをすすり、雄々しく涙をぬぐったが、涙はさらにしたたった。「あなたは私と子供に責任を感じていて、お父様やおじい様の教育どおり、そのことで正しい行動をとりたいと思っているのはわかるの。でも私は、あなたがいやいや負わなくてはならない義務の一つになりたくないの。この子のことも同じよ」

　カランはミスティの言葉に呆然《ぼうぜん》として、ただ彼女を見つめるしかなかった。彼はミスティと赤ん坊のことに責任があると思っているが、それはどちらも愛しているからで、罠《わな》にはめられたとか、義務を負わされたとは思っていない。いったいどこからそんな考えが出てきたのか？

　カランの寄せていた眉が徐々に上がり、への字に結んでいた口元の片端がきゅっと上がった。

「ブリジットか」カランは怒ればいいのか、おもしろがればいいのかわからずに、息を吸いこんだ。頭を振りながら言う。「僕の父と、それからブライアンと僕がどんなふうに育ったかをブリジットが話したんだね？　おじい様のこと、彼がいかに支配的か、エリオット家の者は自分の行動に責任を持つよう僕たちにたたきこんだことを。そうだろう？」

　ミスティはうなずきかけたが、カランははっきり確認するまでもなかった。

「ブリジットは好きだけど、今度会ったら、首を絞めてやる」カランはつぶやいた。「いいかい、ミスティ」

カランはミスティの腕から肩へと手をすべらせ、長く細い首のラインを包んだ。指をうなじにやさしくあて、両の親指で顎を包む。

「愛しているよ。僕たちの子供も愛している。君は僕にとって負わされた義務なんかじゃない。君は天の恵だ。君に会うまで必要だなんて知りもしなかった祝福なんだよ。僕はこれから先ずっと、君に出会ったことを神に感謝する。一時でも君と離れ離れに過ごしたくはない」

カランは目を閉じて頭をかがめ、ミスティの額に額をつけた。それから目を開けて、深いエメラルド色の瞳をのぞきこんだ。これからもずっと、こうして彼女の瞳を見つめられるといい。

「結婚してくれ、ミスティ。そして君の望むところで暮らそう。君は好きなことをすればいい。結婚しよう。お願いだ」

ミスティは荒い音をたてて息を深く吸いこんだ。鼓動が激しく打っている。カランの胸にもそれが伝わっているに違いない。涙が相変わらず頬をつたっていたが、それらは悲しみと無念の涙から幸福の涙に変わっていた。

ミスティは少しも疑いを持たず、カランの言葉が本気だと信じた。カランにとって彼女は、むずかしい顔で対処する〝責任〟ではなかった。

そして、なにより大切なのは、カランがミスティを愛しているということだ。彼女が彼を愛しているのと同じように。

ミスティは咳《せき》ばらいをして口を開いた。うまく声が出ることを願いながら。今こそ、きちんと話さなければならないのだから。

「あなたに初めて会った夜を覚えているわ。あなたはショーのあと、楽屋に来たわね」ミスティはやさしく言って、すっかりなじんだカランの端整な、いとしい顔に指先を触れた。「その瞬間から、私の生活は元のままではなくなるとはっきり感じたの」彼女はカランの唇に唇を押しあて、ほんのしばらく目を閉じた。その目を開いて、彼の唇にささやく。

「ええ。あなたと結婚するわ」

カランはわずかに体を引いた。ミスティが見ると、彼のほほえみがみるみる大きくなり、まなざしに喜びが満ちあふれた。

「ついに、やった」カランは息を吸いこみ、それから腕をミスティにまわし、しっかり抱きしめた。

「僕は幸せだ」ミスティの耳のすぐ上で言う。「後悔はさせないよ」

ミスティはカランの肩に頬をうずめた。「私はあなたより五歳も年上なのよ。ほんとうにそれは気にならないの？　それに、元ショーガールと結婚することも、みんなに知れてしまうのよ？」

「本気で言っているのかい？」

カランはいたずらっぽくにっこりし、ウインクした。それを見ると、ミスティはきれいなパステルカラーの靴の中で爪先をきゅっと縮めた。

「年上の女性はいい恋人になるよ。そんな歌があっただろう？　誰の曲にせよ、僕もまったくそのとおりだとわかるんだ。それから、君が元ショーガールという点は……誰かになにか言われたら、ただ、君が頭のうしろで足首を組むことができると話してやるよ。やつらは意味がわかるだけでなく、君のダンサーの友達を紹介してくれと頼んでくるよ」

二人とも、状況がそれより深刻なのはわかっていたが、ミスティはカランの胸に顔をうずめて笑うしかなかった。彼のユーモアのセンスも、彼女がもっとも好きなところだ。どんなことがあっても、彼がその感覚を失わずにいるなら、ミスティもすべてうまくいくと心から信じられそうだ。

「あなたのおじい様は？」ミスティは思いきって尋ねた。

「祖父も君を受け入れるようになるよ。もしそうでないなら、口を閉じていることを学ぶことになる。そうしないと、初めての曾《ひ》孫に会わせてやるものか」

「まあ、カラン、いけないわ——」

カランがミスティの口に指を二本あてた。「心配しないで。僕たちはうまくやれるよ。どんなことであれ、いっしょにやり抜くんだ。いっしょにだよ。わかったかい？」

「いっしょにね」ミスティがささやき、二人は約束のしるしに唇を重ねた。

13

二週間後

カランはハンプトンズにあるエリオット家の豪壮な邸宅〈ザ・タイズ〉の表に立っていた。黒いタキシードの蝶《ちょう》ネクタイに指をかけて引っ張っている。いまいましい蝶ネクタイのせいで、血液の流れがとまってしまいそうだ。

それに、どういうわけか、兄のブライアンが遅れている。

ほかの人々はみんな、屋敷の中にいた。花が飾られ、一族も牧師もそろい、招待客も席についている。カランの花婿付き添い人《ベストマン》のブライアンだけが現れない。

　はた目には、カランはぴりぴりしているように見えたかもしれない。しかし、その日は彼の結婚式当日なのだから、それも当然だろう。

　しかし、カランは神経を高ぶらせてはいなかった。蝶ネクタイがきつすぎたし、兄がいつまでも来ないのが気になりはしたが、不安とはおよそかけ離れた気分だった。

　あまりに長い間ミスティと結婚したいと思いつづけてきたので――思ったより長かったことに最近になって気づいたのだが――取りやめになる可能性など考えもしなかった。もし好きなようにできるなら、今ごろはもう、彼女と祭壇の前に立ち、誓いの言葉を述べているだろう。そうすれば、ハネムーンに彼女をさらっていくときがより近くなるというわけだ。

　ハネムーンにはパリとかギリシアに連れていきたかったが、すでにミスティが妊娠五カ月に入っていて、以前に具合が悪くなったこともあるため、遠出はしないほうが望ましいとすすめられた。

　実際には、医師はおそらく大丈夫だろうと言ったのだが、カランは取り合わなかった。彼は花婿になることに不安はないとしても、父親になることに関しては過敏になっていた。

　カランとミスティは、一度ラスヴェガスへ飛んで、彼女の持ち物をもっと運び、ダンススタジオのこれからのことをいくつか取り決めた。しかしカランは、子供が生まれるまでは、ふたたびミスティを飛行機に乗せる危険は冒したくなかった。

　そこで、遠くへ旅行するかわりに、二人はマンハッタンにあるホテル、〈ザ・カーライル〉で、誰にもじゃまされずに、たっぷり一週間過ごすことにした。ミスティはまだそのホテルへ行ったことがなかったし、つねづね贅沢《ぜいたく》な内部を見たいと思っていたのだ。

念願どおり、まもなくミスティはホテルの中を見るだろう。いったんスイートルームへ入ったら、たとえ食事のためでも、カランは彼女を外へ出すつもりはなかった。少なくとも四十八時間は。

それに、じゃましようとする一族のメンバーのことはなんとかなるだろう。カランはすでに、もしじゃましようとしたら、恐ろしい結果が待っていると脅しておいたのだ。

カランはふうっと息を吐いて腕時計をのぞき、邸宅の玄関に面した車まわしの端をふたたび行ったり来たりしはじめた。

いったいブライアンはどこにいるのだろう？

一時間前には到着していなければならないのに。彼が指輪交換の儀式に使う二人の結婚指輪を持っているのだ。そして、ミスティが通路を歩いてくるずっと前に、祭壇の正面に置いておくことになっている。

ブライアンに電話をかけようと屋敷の中へ入ろうとしたとき、タイヤがきしる音とエンジン音がした。次いで、思ったとおり、ブライアンのシルバーのジャガーＸＪが車体をかしがせて私道を疾走してきて、数メートル先にとまっているほかの車の向こうで、ななめにとまった。

兄のドラマチックな登場の仕方に、カランはやれやれと天を仰ぎ、彼のほうへ向かって歩きだした。

「そろそろ時間だよ」運転席のドアを開けて降りてくるブライアンに向かって言う。

ブライアンはくたびれたはき心地のよさそうなジーンズに、あっさりしたボタンダウンのシャツという姿だ。そのうえ、唇が切れ、車のドアをばたんと閉じて歩きだすと、見た目にもわかるほど足を引きずっていた。

「なにがあったんだ？」カランは足をとめて、きいた。

ブライアンが首を振る。「ちょっと車をぶつけてね」なにげなさそうに言った。「遅れているのが気になって、ついうっかりしてね。車をとめて自動車保険の情報を交換したが、もちろん、それだけではすまないだろうな」

カランは、切れた唇を指で触っているブライアンから車のバンパーに目をやった。彼が見る限り、前にもうしろにも横にも、かすり傷一つ見あたらない。それに、ブライアンの顔の傷はすでにかさぶたになっている。

カランが眉を寄せ、さらに質問しようと口を開けると、ブライアンは彼の背中をたたいた。

「さあ、行こう。スーツに着替えて、君たちの結婚式を執り行うとしよう」

家へと戻りながら、カランは期待感に包まれた。〈ザ・タイズ〉は長々と横に伸びた石造りの二階建ての建物で、パトリック・エリオットが四十年前に買ったものだ。大西洋を見おろす切り立った岬の、五エーカーの土地に立っている。屋敷全体に感じのいい内装が施され、一族の写真と、カランの祖母のメーヴがとっておく記念の品々であふれていた。

二週間の準備期間で、これだけの規模の結婚式を執り行うのはなまやさしいことではない。しかし、どこよりも、一族の邸宅で式を挙げるに勝るものはない。カランの母親が本腰を入れて結婚式の立案者になり、彼やミスティとこまごました点をすべて具体的に決めていき、まもなく義理の娘になるミスティには指一本上げさせなかった。

こんなに活気にあふれ、また、決然とした母親を最後に見たのはいつだっただろう。彼女は下の息子が結婚するのを見届け、四カ月後には子供が生まれるのを待つことに、明らかにぞくぞくする喜びを感じているらしい。

そしてパトリックは、驚いたことに、自分の屋敷で結婚式を執り行うことに快く同意した。少なくとも、やかましく騒ぎはしなかった。

婚約を発表してから、カランは祖父から電話か訪問を受けるのではないかと思っていた。由緒正しいエリオット家の血統に、卑しいショーガールの血を交えることについて説教され、計画を取りやめ、ミスティと赤ん坊をどこか世間の目に触れないところへやり、一族にばつの悪い思いをさせないように命じられると思っていた。

カランは身構えて、必要なら未来の妻を最後まで守り抜く覚悟でいた。ところがパトリックから電話はなく、カランに会うためにＥＰＨの彼のオフィスに来ることもなかった。

祖父がなにも言わないのは、ミスティがエリオット家の一員になることを受け入れたという意味であればいいが、とカランは願った。しかし、いまだに心のどこかで、避けられない衝突を待っていた。

カランとブライアンは大理石の玄関広間を突っ切り、書斎とその奥の続き部屋へと向かった。花婿の付き添い人たちはその部屋を控え室に使っていた。一方、ミスティと花嫁付き添い人たちは二階のいくつかの寝室をあてがわれた。アマンダは、結婚式の前に花婿がうっかり花嫁の姿を見たりしないように、控え室はうんと離れているほうがいいと主張した。

もし見てしまうと縁起が悪いという古い言い伝えなど、カランは気にしなかった。彼のよき日を、あるいは、これからの輝かしい月日をだいなしにするようなことは、なんであれ信じはしない。

結婚式そのものは、きちんと刈りこまれた裏庭の芝生で行われることになっていた。通路となる濃いピンクのサテンの布が敷かれ、それより薄いピンクのひだ飾りで飾られた椅子が両わきに並べられている。突きあたりには、赤い薔薇《ばら》がからんだ白い格子のトレリスが立っている。

「急いでくれ」カランは最後の一着となったタキシードの衣装バッグをブライアンの胸に押しつけた。「兄さんにだいぶ待たされたし、ミスティに臆病《おくびょう》風が吹いたと思われたくない」

「冗談だろう？　あんなに必死に彼女を追いかけていたし、この前ラスヴェガスへ飛んだとき、そのまま駆け落ちしなかったのが意外なくらいだよ」

「実は、ちらりと考えたよ」カランはぽつりとつぶやいた。そうすれば、誰もが面倒から救われる。ミスティも今ごろは結婚指輪を指にはめて、とっくにミセス・カラン・エリオットになっていたはずだ。二人は家にいて、ベッドの中で身を寄せ合ったり、朝食の皿ごしに手を握り合って、未来の子供たちの名前をあれこれ相談したりするのだ。

ブライアンはシャツのボタンをはずし、ブーツを脱ぎ捨てた。「おまえがめったなことで臆病風に吹かれないのは、ミスティにもわかっているよ。おまえとミスティはたまらなく幸せそうだから、まわりの人間はその甘さにあてられないよう、インシュリンの注射でもするしかないな」

カランの顔をかすかに笑みがよぎった。「そうだな」やわらかな口調で認める。「そのとおりだよ」

ブライアンがジーンズを脱ぐなり、カランはタキシードの黒いズボンを彼の手に押しこんだ。「さあ、もうおしゃべりはやめて、服を着ろよ」

ミスティは全身が映る鏡に映った自分の姿を見つめながら、鼓動がとまる思いだった。

今日が私の結婚式の日だなんて、とても信じられない。あと三十分もしたら、編みタイツをはいた脚の先まで私をおびやかすこの広壮な邸宅を通り抜け、みごとに手入れをされた芝生を通ってカランのもとへと向かうなんて。

私の未来の夫。そして、夢に見た男性であるカラン。

何年も彼と秘密の恋をしていた間、二人が結ばれるとはほんとうには信じていなかった。けれども今は、二人が離れることは決してないとわかっている。二人の間に、年齢や、育ちや、社会的な立場の違いはあっても、カランが私を愛しているのはたしかだ。そして言うまでもなく、私も彼を愛している。

カランは私のために自分の家族――少なくとも祖父――と縁を切ろうとした。そのうえ、ニューヨークで暮らすのをあきらめて、私といっしょになろうとした。それに比べたら、私がヘンダーソンのダンススタジオを手放してマンハッタンに移り、エリオット家の妻になる努力をすることなど、たいしたことではない。

それに、私にはこの地で幸せになれるという確信がある。エリオット家の全員が、カランと私の結婚を喜んではいないかもしれないけれど、大部分の人たちは私を受け入れてくれているし、カランの決断を支持すると明言している。

それでも私は、主婦として、また母親として、家庭におさまるつもりはない。子供が生まれるまでは、そしてそのあとしばらくは、アッパーウエストサイドのタウンハウス近辺でおとなしくしていることに不満はない。でも、どこかでダンスインストラクターとして仕事を得るか、できたら自分自身のダンススタジオを開けないかと、すでにカランと話し合っている。

自分がどうしたいか、まだはっきりとはわかっていない。ただ、結婚してエリオット一族に加わるからといって、自由な選択の幅を狭めたくはないのだ。

「とてもきれいよ」ミスティの思いを破って、うしろからブリジットが鏡の中の空いている視界に割りこんだ。

心臓がふたたび激しく打ちはじめ、ミスティは喉をふさぐ塊をのみくだした。「皆さん、おそろいなの？」おずおずと尋ねる。

「もちろんよ」ブリジットが笑って答える。「あなたは結婚して、ほかでもないエリオット一族の一員になろうとしているんだもの。誰が見逃すものですか。両家の親族もそろっているし、招待をせがむなり、誰かの分を拝借するなり、奪うなりしたマスコミの人たちもいくらかまじっているわ。それはそうと、あなたのお母様は、ここへ着いてからずっと泣きっぱなしよ。月曜日の朝は、アメリカ中の新聞や雑誌の表紙は、あなたとカランの写真でいっぱいになるわね」

「まあ、どうしましょう」ミスティは体を二つに折って、膝の間に頭をうずめてしまいたいのをこらえた。というのも、このごろは、前のように身をかがめるのが容易でなくなってきていたからだ。

「気を楽に持ってね」ブリジットはミスティの背中を軽くたたき、純白のウエディングドレスのひだを整えた。

　ミスティは初め、結婚式に白いドレスを着るのをためらった。妊娠五カ月でバレーボールをのみこんだような体形にはどことなくちぐはぐに思えたし、少しばかげているようにも感じた。しかし、カランの母親が譲らず、ミスティも初めてドレスを体にあててみて、ついに同意した。

　ドレスはすべてなめらかなサテン製で、上身ごろはちょうど胸の下までのエンパイア・スタイルのあっさりしたデザインで、小さな真珠の粒がびっしりと縫いこまれたベールがおなかのふくらみを隠して、足首まですっぽりと彼女を包んでいた。

「ほんとうにすてきよ」ブリジットがミスティの恐れをやわらげようとして、さらに言った。「今日は、ほかでもない、あなたとカランのためにあることを忘れないでね。外に出たら、この世にあなたとカランしかいないと思えばいいのよ。彼だけを見つめて、あとのものは気にかけなくていいの」

　そうできれば、どんなに大勢の人に見つめられようと、どんなにカメラのフラッシュがひらめこうと、式の間に不都合なことが起こるとは思えない。ミスティにとって、カランだけを見つめていることは、息をしたり、彼の腕の中で目覚めたりするのと同じくらい自然なことだから。

　ミスティは縦長の卵形の鏡をもう一度見つめてうなずき、短い間に新たな親友になったブリジットのほうに向き直った。

　ブリジットは、アマンダが選んだ肩ひものないライラック色の花嫁付き添い人《ブライズメイド》の衣装をまとっていた。ブロンドの髪をアップに結い、春の花をあしらった髪飾りをいくつか挿している。

「ありがとう。今朝もすっかりお世話になってしまって。あなたがいなかったら、とても支度はできなかったわ」

　ブリジットは、朝早くカランのタウンハウスへミスティを迎えに来て〈ザ・タイズ〉へと連れていき、数時間かけて花嫁の支度を手伝ってくれた。マニキュアをし、髪を結い、メークアップを施し、値段がつけられないほどのすばらしい手縫いのドレスを身につけるのに手を貸してくれた。

　ブリジットがにっこりした。「ブライズメイドはそのためにいるのよ」

　二人はミスティのブーケを整え、階下へ下りていく支度ができたところだった。そのとき、ドアに軽いノックの音がした。ブリジットは花婿が入ってこられないようにドアへ急いだ。おそらくカランが、母親の怒りを覚悟で、式の前に花嫁の姿を一目見ようとやってきたのだろう。

「おじい様」ブリジットが気が抜けたように言って、うしろへ下がり、祖父を部屋の中に入れた。

パトリック・エリオットは背が高く、グレーの髪を短く刈っていた。七十代の後半と聞いていたが、それよりも十歳は若く見える。目はきらきらと輝くブルーで、エリオット一族の大部分が誰からその目の色を受け継いだか明らかだった。

ミスティは前に一度、エリオット家の内輪の集まりでパトリックに会ったことがある。そのときはカランが彼女のそばに寄り添い、しっかりと守っていた。パトリックはミスティに対してそっけなかったが、表立った敵意を持っているようにも見えなかった。

今日のパトリックはぱりっとしたグレーのスーツに身を包み、いかにも結婚式で頭がいっぱいの女性たちの部屋に入るのがいくらか落ち着かないようすだった。

「花嫁と内々に話したいのだがね。もし差し支えなければ」

パトリックの声は深く響いたが、ほかの人から聞いていたほどぶっきらぼうでも、押しつけがましくもなかった。

ブリジットは喧《けん》嘩《か》腰に胸の前で腕を組んだ。「どうかしら――」

しかし、ミスティがさえぎった。「もちろん、大丈夫です」

パトリックの用向きを悟り、それまでブリジットに励まされてなんとか抑えていた不安がふたたび激しく燃えあがった。しかし、ミスティはカランの祖父と話すのを断るつもりはなかった。たとえ、生涯でもっともきつい言葉を投げかけられると予測できても。

彼の意向ははっきりしている。間接的にではあっても、ミスティに異存があることはすでに伝わっている。彼女の育ちや職業、そしてカランと関係を持ったことがお気に召さないのだ。それでも、結婚すれば身内となり、血のつながりによって彼女の子供の曾《そう》祖父となる。今、いくらかでも彼女にできることは、パトリックの言い分を話させることだ。

しかし、彼がなにを言おうと、この顔合わせがどんなに心を乱すものになろうと、ミスティは階下へ下りて外へ出て、愛するカランと誓いを交わすつもりだった。

「ほんとうにいいの？」ブリジットが尋ねる。疑いと懸念、そして少なからぬ祖父への嫌悪もはっきり顔に表れていた。

ミスティは口元を無理に上げ、たいして感じてもいない大胆さを示した。「もちろんよ」

しぶしぶうなずいて、ブリジットがドアを開けた。

「ドアの外にいるから、必要なら呼んでね」

ブリジットは最後にもう一度疑わしそうな目を祖父に向けて、廊下に出ていった。

パトリックはブリジットを見送り、それからミスティに向き直った。「すまないね」

ミスティは頭をかしげた。気づまりがして言葉が出ず、口の中がからからになっている。

パトリックはいかにも晴れの日の準備といったいろいろなものに目にとめながら、部屋の中を見まわした。脱ぎ捨てられた服や靴、飾りつけた花、化粧道具のトレイ、爪磨きや香水など。それから彼はミスティに視線を戻し、ほっそりした体にさっと目を走らせ、ふくらんだおなかに目をとめた。

「君と付き合うようになってから、カランが変わったと思っていた」パトリックは両手をズボンのポケットに入れて踵《かかと》に体重をのせ、咳《せき》ばらいをして言葉を続けた。「気がついたのは数年前だが、それが君と親しくなったころだと思う。だが、君がニューヨークへ来てから、彼の変化は目に見えてはっきりした」

脈が激しく打つ音がミスティの耳に響いている。

彼女は口を開けたが、言葉が話せるだけ口の中をうるおすためにいったん閉じ、あらためて口を開いた。「申し訳ありません。あなたがカランと私の交際を認めていらっしゃらないのはわかっています。ですが――」

パトリックが首を振った。眉根をぎゅっと寄せ、口をへの字に結んでいる。「私はそういう意味で言ったんじゃない。私が言いたかったのは、近ごろカランは前より幸せそうで、安心しているように見えるということだ。彼はまぎれもなく君をとても愛しているし、子供のことも喜んでいるようだ」パトリックはミスティのおなかのほうへうなずき、なるようになったというように片手を上下させた。「君はカランにとってためになる人だ。私のような頭の固い年寄りにも、それはわかるよ」

パトリックがふたたび咳ばらいをした。今度は彼が神経をとがらせているのに、ミスティは気がついた。ニューヨークでもっとも裕福で、影響力のある一族の家長であるパトリック・エリオットが、私のそばにいて緊張を感じるとは。

お粗末な素性の元ラスヴェガスのショーガールで、彼の孫息子の愛人になった私なのに。ミスティは信じられない思いだった。

「我が一族の一員になってくれることをうれしく思うよ。君は私たちにとって、なにかしらいいものをもたらすという気がするのでね」

驚きのあまり、ミスティはただ目をまるくして見つめるだけだった。それから、かすかな声を押し出した。「おそれいります」

「ふむ。さて……」パトリックは部屋の中をすばやく見まわして、そろそろとドアのほうへあと戻りした。「ほんとうに、私が言いたかったのはそれだけだ。ところで、なかなかきれいだよ。カランが式を始めたくてやっきになっているだろうから、私はこれで失礼するとして……。なにをしていたにせよ、やりかけていたことを続けてくれ」

パトリックは最後にミスティに向かって手を一振りすると、ブリジットが向かったのと同じ方向へ姿を消した。残されたミスティは、押し黙って呆然《ぼうぜん》と立っていた。二秒ほどしてブリジットが戻ってきた。ドアのすき間から、帰っていく祖父に油断のない目を向け、それからうしろ手にドアを閉めた。

「おじい様としたことが、いったいなんの用かしら？」ブリジットが皮肉っぽく言った。

ミスティはパトリックが張りつめたようすで語るのを聞いた衝撃を振り落とそうとしたが、体を動かせそうになかった。

カランの祖父は、ミスティがニューヨークへ来たばかりのころに、〝エリオット家の誰もストリッパーとは結婚しない〟と言ったことをあやまりはしなかった。しかし、今日、ミスティのもとにこっそりやってきた。そうする必要はないのに。彼は彼女を彼なりのやり方で快く一族へ迎えてくれた。

「おじい様があなたを動揺させるようなことを言っていないといいけど」ブリジットがミスティをかばうような、怒った調子で言った。「もしそんなことをしたなら、ただでは――」

「いいえ」驚きのあまり、鈍った頭をはっきりさせようとして、何度か目をしばたたきながら、ミスティはかぶりを振った。「信じられないかもしれないけれど、でも――」

そのとき、わきのほうで携帯電話が鳴った。

「あら、私のだわ」

ブリジットが急いでベッドのほうへ行き、花嫁と付き添い人たちがドレスに着替えるのに脱いで積み重ねた服の下からバッグを取り出した。

ブリジットは携帯電話を見つけ出し、かちりと開いて耳にあてた。「もしもし？」

ミスティが見ていると、ブリジットはバッグの中からペンとメモ用紙をさがし出して、電話の相手の話を聞きながらメモをとっている。

「わかったわ。ええ。ありがとう」

ブリジットは携帯電話を閉じてバッグにしまうと、ミスティのほうにくるりと振り返り、彼女のほつれた髪をラインストーンのヘッドドレスの下にたくしこんだ。

「きっと信じられないでしょうね」ブリジットは息をするのがやっとというようすだ。「今書いている本のストーリーの目玉になりそうな情報をつかんだの。ということは、披露宴が終わったら、すぐにここを発《た》たなくてはならないけれど」

ミスティは心配そうに眉を寄せた。「どこへ行くつもり？」

「まだ内緒よ。でも、着いたらすぐに、必ず無事を知らせるわ」ブリジットはうしろに下がって励ますようにほほえんだ。「さあ、おじい様がなんて言ったか教えてちょうだい。そうしたら、カランにそのまま伝えたほうがいいかどうかわかるから」

ミスティは深く息を吸いこんで、自分でもほんとうに起きたのかどうかすっかりは信じられない、先ほどの出来事を話した。「私がカランにとってためになるとおっしゃったわ。そして、私を一族に迎えるのがうれしいと」

「なんですって？　まじめに言っているの？」ブリジットは青い目をまるくした。それから、疑わしそうに目を細めた。「まるでおじい様らしくないわ。聞き違いじゃないのはたしか？」

ミスティはくすくす笑った。「ええ、たしかよ。あなたと同じくらい私も驚いたけれどね」

少しの間、ブリジットはしかめっ面をしていた。やがて明るい顔になり、ほっそりした肩をすくめた。

「どうやら、おじい様もやっとまともになったようね。どうして心を入れ替えたかはともかく、あなたのためによかったと思うわ。一族のほかの人たちは、あなたがすばらしい家族になるとわかっていたんだもの。カランはあなたを愛しているわ。大切なのはそれだけなのよ」

カランの名前が出て、彼がどんなに愛してくれているかを思い出し、ミスティはにっこりした。「そうね」

「そろそろ階下《した》へ下りて、式を始める準備ができたことを知らせましょうか？」

ミスティは床近くまでたれたピンクのリボンで結わえた薔薇《ばら》と百合《ゆり》のブーケを握り締めてうなずいた。

「ええ、行きましょう」

ブリジットに手をとられ、下腹のあたりにむずむずした感じを覚えながら、ミスティは部屋をあとにした。廊下を過ぎ、階段を下りて広大な邸宅の一階に着き、裏庭へと向かった。そこには、花嫁に先立って仮ごしらえの通路を歩いていくためにほかのブライズメイドたちが待っていた。

ブリジットはブライズメイドたちのうしろにミスティを残し、急いで自分も対になる花婿の付き添い人と並んだ。

カランの父親のダニエルが、ミスティをエスコートすることになっている。彼が近づいてきたとき、その目がうるんでいるのがわかった。ミスティは涙がこみあげそうになり、急いで顔をそむけて、ドレスのひだやブーケのリボンを直した。

全員が列を作って出発の準備ができると、アマンダがオーケストラに合図した。《ウエディングマーチ》の出だしのメロディが流れると、ミスティの胸がどきりと鳴り、彼女は何度も深く息をして、落ち着くように自分に言い聞かせた。

ミスティは戸外へと足を踏み出して、たくさんの出席者にぽかんと見つめられたくない気がしたが、いちばんはっきりしているのは、この日を乗り切って、ミセス・カラン・エリオットになりたいということだった。

　ピンク色の通路の向こう端に、花ざかりのトレリスを前にして立っているカランの姿を認めると、ミスティの高ぶりはおさまった。全身に落ち着きが広がり、やさしいほほえみが浮かんできた。

　カランもほほえみ返し、その瞬間から、二人はたがいの姿しか見えなくなった。

　牧師のもとへ到着すると、ダニエルはミスティの頬にキスをしてカランに引き渡した。ミスティとカランの指がからみ、彼はそっと指に力をこめた。ミスティも、今まさに結婚しようとしている彼から目を離さずに握り返す。

　牧師が愛と献身について話し、いよいよ誓いの言葉を交わすときが来た。それぞれ、愛と貞節と慈しみを誓った。ミスティは、それらについてはなんの問題もないのがわかっていた。そのあと、牧師がカランに花嫁にキスをしていいと告げた。

「喜んで」カランがミスティの頬を両手で包み、体をかがめた。二人の息がまじり合う。「愛しているよ」彼女にだけ聞こえるようにささやく。

　ミスティは胸がふくらんで破裂しそうに感じながら、せわしなく目をしばたたいた。「私もよ」

　そして二人は口づけを交わした。そっと、つつましく唇が触れる。それでも、その口づけには、二人がこの先ずっと、ともに持ちつづける情熱と愛のすべてがこめられていた。

エピローグ

「新婚ほやほやのすてきなひとときだったね」カランが汗に濡《ぬ》れた額から髪をかきあげて、ミスティの喉から胸、そして胸のふくらみの下側にキスをした。

二人は〈ザ・カーライル〉のスイートルームにいた。ありがたいことに、二人きりで。結婚式の宴は果てしなく続くように、少なくともカランには思えたが、ついにミスティを連れ去るときがやってきた。

リムジンがふたたび二人をニューヨークへ運び、カランは花嫁の装いのミスティをホテルのロビーを抜けてエレベーターへ、そしてハネムーンのスイートルームの敷居をまたいで運んでいく光栄に浴した。ミスティは、体重が重すぎるし、おなかもめだつからと反対したが、カランには羽ほどの重さにしか感じられなかった。たとえそうでなくても、アドレナリンが体中を駆けめぐっていて、マンハッタンの端から端まで抱いていけるくらいだった。

小さなことにも抜かりのないカランの母親が、ホテルの部屋を新鮮な花で満たし、おいしそうなチョコレートと二本の冷えたシャンパン——一本は普通のもの、もう一本はノンアルコールのもの——を用意しておいてくれた。

部屋はとてもすてきで、新婚のカップルが望みうる限りの心配りがしてあったが、カランはそれらにちらりと目をやっただけだった。

そのかわり、花嫁をまっすぐにキングサイズのベッドへと運び、まっさらな純白のウエディングドレスを魅惑的な体から脱がせ、夫として初めて夢心地で彼女を抱いた。それは、抑えがたい衝動に突き動かされた感動的な体験となり、カランは泣きたくなるほどだった。

二度目のとき、カランはミスティが真に自分のものだと実感した。それは、これから先もずっと変わらない。

僕はとてつもなく運のいい男だ。

「こんなことなら、ずっと前に君を説き伏せて結婚するんだったな」

ミスティは笑い声をあげ、その声がカランの背筋をぞくぞくとつたいおりた。彼女は足の裏で彼のふくらはぎを撫《な》でている。

「君がウエディングドレスの下に網タイツをはいていたなんて、いまだに信じられないよ」

ドレスの下に手をすべらせたとき、そのセクシーで粗い網目から素肌をのぞかせるタイツがミスティの格好のいい腿を包んでいるのに気がついて、カランは度肝を抜かれた。しかし、それはまさにいい意味でだ。

「私にふさわしいと思ったの。今日、あなたは私をエリオット家の一員にしてくれたけれど、私の心はいつまでもショーガールだというしるしなのよ」

「そのとおりだね」カランはしみじみと言った。それからふたたび彼の手がさまよいはじめた。ミスティの硬く張ったおなかを撫でて唇をあてる。「子供を宿した体がセクシーだって、もう言ったかな？」

「聞いていないと思うわ」ミスティはくすくす笑い、カランの髪を指で軽くすいた。

「赤ん坊が動くのを感じて、この命のために僕も一役買ったと実感するのはいいものだね」

「たしかに、あなたのおかげよ」

「生まれてくるのが楽しみだ。おむつを交換して、真夜中にお乳をやって。たぶん、妹か弟もできるね」カランはミスティのおなかに手をあてたまま、唇を上のほうへ這《は》わせて彼女の唇をとらえた。「名前を考えてみたかい？」

「まだよ」ミスティは満ちたりて眠たそうに、なめらかなシーツに身を横たえている。「あなたは？」

「一つか二つばかりね。きっと僕の家族も候補を挙げてくると思うよ」

ミスティのエメラルド色の瞳を見ていたカランは、家族のことに触れると、彼女のまなざしがいくらか陰ったのに気がついた。

「どうかしたかい？」

ミスティはかぶりを振って、気もそぞろに唇を噛《か》んでいる。

気がかりに、カランの体の内がぐっと重くなった。

「なにがあったか言ってくれ」彼はミスティの体を愛撫《あいぶ》していた手をとめた。

「悪いことではないのよ。ただ、式の前に話すチャンスがなかっただけ」

ミスティはふっと息を吐き、枕《まくら》の上の頭をカランのほうに向け、まっすぐに彼の目を見つめた。彼の手をさがして、指をからめる。

「式の前に、あなたのおじい様が私に会いに部屋までいらしたの」

カランは心底ショックを受けて体を引いた。「なんだって？　祖父はなんて言ったんだ？　君を動揺させたのかい？　脅したのか？　それとも、金をやるから僕と結婚するなとでも？」

「違う、違う。そうじゃないの」ミスティはすぐに否定して、なだめるようにカランの裸の肩を撫でた。「実際はこうよ。おじい様は親切だったわ。そしてなんというか……歓迎してくださったと思うの。家族の一員として」

しばらくの間、カランは眉間《みけん》を煉瓦《れんが》で殴られたような衝撃を受けて、ただミスティを見おろすしかなかった。

「なるほど、大ばか者は僕だな」なんとか口がきけるようになると、カランはつぶやいた。「祖父がわかってくれるなんて、実は思っていなかったんだ。だけど、うれしいよ」彼はミスティの額の髪をかきあげ、唇の端に軽くキスをした。「これで、君がエリオット家の申し分ない一員になると言ったら、信じてくれるかい？」

「さあ、どうかしら。でも、あなたのおじい様がもう私のことをうとましく思っていらっしゃらないし……あなたのことを憎むようにならずにすんだとわかって、ほんとうにほっとしたわ」

「憎まれたってかまわないさ」カランは確信をこめて答えた。「君は僕のものだ。いっしょになってはだめだなんて誰にも言わせないよ」

ミスティはカランの頭のうしろにあてていた左手を自分たちの前にかざした。その手にはいやみなほど大きなダイヤモンドの指輪と、輝かしい金の結婚指輪がはめられ、ベッドわきの明かりにきらめいている。それから彼女は、同じ手をカランの頬にあてた。

「四年間あなたの愛人でいて」ミスティはつぶやいた。「これからはあなたの妻として生きるのね」

「そのとおりだよ」カランが言って、ミスティの唇に唇を重ねた。

とっておきの、ときめきを。
ハーレクイン

あなたを待つ夜
2007年5月5日発行

著　　者	ハイディ・ベッツ
訳　　者	速水えり（はやみ　えり）
発 行 人	ベリンダ・ホブス
発 行 所	株式会社ハーレクイン 東京都千代田区内神田 1-14-6 電話 03-3292-8091（営業） 03-3292-8457（読者ｻｰﾋﾞｽ係）
印刷・製本	凸版印刷株式会社 東京都板橋区志村 1-11-1
編集協力	株式会社風日舎

ISBN978-4-596-51177-5 C0297